DISCLAIMER

The author and publisher are providing this book and its contents on an "as is" basis and make no representations or warranties of any kind with respect to this book or its contents. The author and publisher disclaim all such representations and warranties, including but not limited to warranties of merchantability. In addition, the author and publisher do not represent or warrant that the information accessible via this book is accurate, complete, or current.

Except as specifically stated in this book, neither the author nor publisher, nor any authors, contributors, or other representatives will be liable for damages arising out of or in connection with the use of this book. This is a comprehensive limitation of liability that applies to all damages of any kind, including (without limitation) compensatory; direct, indirect, or consequential damages; loss of data, income, or profit; loss of or damage to property; and claims of third parties.

Extra Graphic Material From: www.freepik.com
Thanks to: Alekksall, Starline, Pch.vector, Rawpixel.com, Vectorpocket, Dgim-studio, Upklyak, Macrovector, Stockgiu, Pikisuperstar & Freepik.com Designers

This Book Comes With Free Bonus Puzzles

Available Here:

BestActivityBooks.com/WSBONUS20

5 TIPS TO START!

1) HOW TO SOLVE

The Puzzles are in a Classic Format:

- Words are hidden without breaks (no spaces, dashes, ...)
- Orientation: Forward & Backward, Up & Down or in Diagonal (can be in both directions)
- Words can overlap or cross each other

2) ACTIVE LEARNING

To encourage learning actively, a space is provided next to each word to write down the translation. The **DICTIONARY** allows you to verify and expand your knowledge. You can look up and write down each translation, find the words in the Puzzle then add them to your vocabulary!

3) TAG YOUR WORDS

Have you tried using a tag system? For example, you could mark the words which have been difficult to find with a cross, the ones you loved with a star, new words with a triangle, rare words with a diamond and so on...

4) ORGANIZE YOUR LEARNING

We also offer a convenient **NOTEBOOK** at the end of this edition. Whether on vacation, travelling or at home, you can easily organize your new knowledge without needing a second notebook!

5) FINISHED?

Go to the bonus section: **MONSTER CHALLENGE** to find a free game offered at the end of this edition!

Want more fun and learning activities? It's **Fast and Simple!**
An entire Game Book Collection just **one click away!**

Find your next challenge at:

BestActivityBooks.com/MyNextWordSearch

Ready, Set... Go!

Did you know there are around 7,000 different languages in the world? Words are precious.

We love languages and have been working hard to make the highest quality books for you. Our ingredients?

A selection of indispensable learning themes, three big slices of fun, then we add a spoonful of difficult words and a pinch of rare ones. We serve them up with care and a maximum of delight so you can solve the best word games and have fun learning!

Your feedback is essential. You can be an active participant in the success of this book by leaving us a review. Tell us what you liked most in this edition!

Here is a short link which will take you to your order page.

BestBooksActivity.com/Review50

Thanks for your help and enjoy the Game!

Linguas Classics Team

1 - Food #1

```
K  B  O  G  H  Z  A  B  M  M  D  G  I  K
R  T  Š  D  D  U  D  S  A  L  O  T  O  S
I  Y  P  S  C  I  T  R  I  N  A  R  M  M
A  P  I  E  N  A  S  I  U  H  H  O  I  O
U  G  N  N  E  H  P  U  K  S  G  P  E  R
Š  Y  A  Z  P  R  E  B  V  Z  K  Ė  Ž  K
Ė  G  T  Č  E  S  N  A  K  A  I  A  I  A
B  R  A  Š  K  I  Ų  L  R  M  Z  J  A  B
B  Z  I  A  B  R  I  K  O  S  A  S  I  R
Ž  E  M  Ė  S  R  I  E  Š  U  T  Ų  L  V
T  U  N  A  S  Z  S  V  O  G  Ū  N  A  S
Z  H  B  A  Z  I  L  I  K  A  S  U  Q  N
C  U  K  R  U  S  U  L  T  Y  S  I  Y  F
G  D  V  C  C  I  N  A  M  O  N  A  S  I
```

ABRIKOSAS	ŽEMĖS RIEŠUTŲ
MIEŽIAI	KRIAUŠĖ
BAZILIKAS	SALOTOS
MORKA	DRUSKA
CINAMONAS	SRIUBA
ČESNAKAI	ŠPINATAI
SULTYS	BRAŠKIŲ
CITRINA	CUKRUS
PIENAS	TUNAS
SVOGŪNAS	ROPĖ

2 - Castles

```
R D G K A R A L Y S T Ė P K
Ū I V I E N A R A G I S O K
M N T F I I N O P S K B Ž A
A A C E G M M O D I A O E R
I S H O R K P Q J E R K M D
N T T D I I D E A N Ū Š I A
E I K A T L S I R A N T S S
Q J P L C N P G K I A A K Q
Š A J A Y U R V L I J S Y K
M A O S K S I K Y J L A D J
P D R A K O N A S U G L A D
A T K V R R C S P N S I S A
D L T G A K A T A P U L T A
N F R S M I S A R Y N O M P
```

ŠARVAI
KATAPULTA
KARŪNA
DRAKONAS
POŽEMIS
DINASTIJA
IMPERIJA
FEODALAS
ARKLYS
KARALYSTĖ

RITERIS
KILNUS
RŪMAI
PRINCAS
SKYDAS
KARDAS
BOKŠTAS
VIENARAGIS
SIENA

3 - Exploration

```
F E L V D R F E L R L G G Z
L T T F E R E R D V Ė L Y K
K A L B A I Ą L U Y C I V E
N T E E G C K S J Y H G Ū L
N R N S K M U L A E C I N I
J A U D U L Y S A D F N A O
L D S H L A P A V O J A I N
A I T Y T S H Z C Q O U S Ė
U M A D Ū U L H V Q F J V Z
K A T E R Z Q P O A M A K M
I S Y P O C A V S A U S C Q
N T M K S T O L I M A S V O
Ė U A P A V O J I N G A I G
I A S I Š S E K I M A S L V
```

VEIKLA
GYVŪNAI
DRĄSA
KULTŪROS
NUSTATYMAS
ATRADIMAS
TOLIMAS
JAUDULYS
IŠSEKIMAS

PAVOJAI
KALBA
NAUJAS
PAVOJINGA
ERDVĖ
RELJEFAS
KELIONĖ
LAUKINĖ

4 - Measurements

```
C E N T I M E T R A S D M N
K V L D Z Z R E F I D E E N
P F C Z D L I T R A S Š T G
L D Y O H G I I R U M I R Y
A P L O T I S O M K G M A L
I M I N U T Ė B N Š C T S I
P D U K I L O M E T R A S S
S V O R I S Y P R I B I T T
N C J O F C O L I S A N C M
I M T O M A S M L V I I E G
S L A R L Z P C Q U T S E H
U I G S K I L O G R A M A S
R S U I Ė M L L Q H S R V M
M G E E S M U N C I J A Q D
```

BAITAS
CENTIMETRAS
DEŠIMTAINIS
LAIPSNIS
GYLIS
AUKŠTIS
COLIS
KILOGRAMAS
KILOMETRAS

ILGIS
LITRAS
MASĖ
METRAS
MINUTĖ
UNCIJA
TOMAS
SVORIS
PLOTIS

5 - Farm #2

```
P Ė K M V Y D B F A U G T I
I R L A M A K S O N C F R N
E I Ė I F P I D E T T Ū A L
V U T S D I S S I I B K K R
A K I T L E V M I S M I T Q
Y A S A D N B P O U Z N O A
R S I S R A P O Z N S I R K
D S O D A S R I I J E N I U
M I E Ž I A I Ž E T R K U K
A V I S E P M Z O M R A S U
G Y V Ū N A I F V V U S G R
D R Ė K I N I M A S Ė O A Ū
K V I E Č I A I O G M O K Z
I F Z U J B I R R J D Q Y Ų
```

GYVŪNAI   LAMA
MIEŽIAI   PIEVA
KLĖTIS   PIENAS
KUKURŪZŲ   SODAS
ANTIS   AVIS
ŪKININKAS   PIEMUO
MAISTAS   AUGTI
VAISIUS   TRAKTORIUS
DRĖKINIMAS   DARŽOVĖ
ĖRIUKAS   KVIEČIAI

6 - Books

```
N Z P I T K B G L H N N P K
M Z R Z R O J Q Y V E Z O O
G I Y N A L L K U B Y C E N
G S K N G E P A S N Z D Z T
R T Z D I K T O R I U S I E
H O D I Š C N C J F F K J K
H R M B K I S T O R I J A S
V I O A A J H U M O R O U T
E N E Y N A T S F A K D T A
C I F K P A Q Q J F K G O S
K S U E P U S L A P I S R P
I Š R A D I N G A S H Y I P
E I L Ė R A Š T I S K B U Z
S K A I T Y T O J A S V S S
```

AUTORIUS   ROMANAS
KOLEKCIJA   PUSLAPIS
KONTEKSTAS   EILĖRAŠTIS
EPAS   POEZIJA
ISTORINIS   SKAITYTOJAS
HUMORO   ISTORIJA
IŠRADINGAS   TRAGIŠKA
DIKTORIUS

7 - Meditation

```
T  C  A  S  P  Į  R  U  F  M  M  M  P  T
E  Y  K  V  R  P  D  A  Y  T  Z  I  S  A
C  T  L  E  O  R  S  Ė  M  R  T  N  I  I
M  G  R  A  T  O  G  G  M  U  Q  T  C  K
K  F  D  E  A  Č  E  A  U  E  S  Y  H  A
N  T  S  Q  S  I  R  M  Q  K  S  S  I  U
U  Ž  U  O  J  A  U  T  A  M  B  I  K  I
J  U  D  Ė  J  I  M  A  S  Z  K  S  O  M
A  Z  K  V  Ė  P  A  V  I  M  A  S  S  I
M  U  Z  I  K  A  S  P  A  B  U  D  Ę  S
P  R  I  Ė  M  I  M  A  S  E  Z  G  O  J
R  P  A  I  Š  K  U  M  A  S  C  N  A  J
P  E  R  S  P  E  K  T  Y  V  A  A  I  H
D  Ė  K  I  N  G  U  M  A  S  S  R  Z  R
```

PRIĖMIMAS	PSICHIKOS
DĖMESIO	PROTAS
PABUDĘS	JUDĖJIMAS
KVĖPAVIMAS	MUZIKA
RAMUS	GAMTA
AIŠKUMAS	TAIKA
UŽUOJAUTA	PERSPEKTYVA
DĖKINGUMAS	TYLA
ĮPROČIAI	MINTYS
GERUMAS	

8 - Days and Months

```
Š  B  I  R  U  G  P  J  Ū  T  I  S  L  O
S  E  K  M  A  D  I  E  N  I  S  A  A  J
P  M  Š  F  C  T  R  G  U  I  V  U  P  B
A  Ė  N  T  F  Q  M  L  R  B  A  S  K  J
L  N  D  B  A  L  A  N  D  I  S  I  R  S
I  U  S  E  G  D  D  O  L  F  A  S  I  A
S  O  G  I  E  J  I  E  H  T  R  R  T  V
L  D  V  F  G  C  E  E  K  C  I  U  I  A
I  I  D  P  U  L  N  G  N  E  S  G  S  I
A  P  E  D  Ž  T  I  B  F  I  I  S  I  T
A  E  Z  P  Ė  T  S  F  L  C  S  Ė  M  Ė
F  K  O  V  A  S  M  E  T  A  I  J  U  Y
K  A  L  E  N  D  O  R  I  U  S  O  S  Z
A  N  T  R  A  D  I  E  N  I  S  R  J  J
```

BALANDIS   MĖNUO
RUGPJŪTIS   LAPKRITIS
KALENDORIUS   SPALIS
VASARIS   ŠEŠTADIENIS
SAUSIS   RUGSĖJO
LIEPA   SEKMADIENIS
KOVAS   ANTRADIENIS
GEGUŽĖ   SAVAITĖ
PIRMADIENIS   METAI

9 - Chess

```
L  Ž  A  I  D  I  M  A  S  T  A  Š  K  Ų
A  B  A  L  T  A  S  H  G  U  D  E  V  T
I  J  V  N  K  C  S  R  E  R  S  Z  S  T
K  P  R  I  E  Š  I  N  I  N  K  A  S  C
A  D  O  P  L  T  A  I  S  Y  K  L  Ė  S
S  K  T  C  Y  S  D  I  F  R  J  K  P  T
Č  E  M  P  I  O  N  A  S  A  U  A  R  R
A  U  K  A  Y  Š  M  H  N  S  O  R  O  A
A  E  A  O  R  O  Š  Z  T  N  D  A  T  T
P  S  Z  L  V  D  Y  Ū  I  L  A  L  I  E
Ž  A  I  D  Ė  J  A  S  K  P  F  I  N  G
I  M  P  A  S  Y  V  U  S  I  R  U  G  I
Į  S  T  R  I  Ž  A  I  N  Ė  A  S  A  J
K  O  N  K  U  R  S  A  S  U  I  I  S  A
```

JUODA	PASYVUS
IŠŠŪKIAI	ŽAIDĖJAS
ČEMPIONAS	TAŠKŲ
PROTINGAS	TAISYKLĖS
KONKURSAS	AUKA
ĮSTRIŽAINĖ	STRATEGIJA
ŽAIDIMAS	LAIKAS
KARALIUS	TURNYRAS
PRIEŠININKAS	BALTAS

10 - Food #2

```
V R P S Ū R I S C V O A P B
L Y U E N M G N O I E R O A
Z Ž Š V B F R Y A Š D T M K
G I Y N I T E O U T E I I L
K A F H I G R Y B A S Š D A
Z I Z V Q A D V J R U O O Ž
B K V I E Č I A I M M K R A
H A B R O K O L I A I A A N
V Y N U O G Ė Q J D E S S A
E T Ž A K I A U Š I N I S S
P R U M N O B U O L I Ų P J
K I V I C A K U M P I S Y F
V I I O O D S A L I E R A S
T P S U B Š O K O L A D A S
```

OBUOLIŲ
ARTIŠOKAS
BANANAS
BROKOLIAI
SALIERAS
SŪRIS
VYŠNIA
VIŠTA
ŠOKOLADAS
KIAUŠINIS

BAKLAŽANAS
ŽUVIS
VYNUOGĖ
KUMPIS
KIVI
GRYBAS
RYŽIAI
POMIDORAS
KVIEČIAI

11 - Family

```
G M V R P S E S U O K S E D
O T S Y N U B A U T I Ū J Ė
G Ė Q I R K S L O Ė S N M D
V V C Q C A Q B H V E Ė O Ė
A A A R D E S R R Ų N N T H
I S N I U C I O K O E A I T
K T Ū P K F U L Z M L S N Y
A H K R T Y L I Y S I I A J
I Z A O E T S S O K S Z S F
T M S T R G K T D U K R A G
C M Z Ė Ė J B E Ė U Q R T J
Y C R V Č A P T V A I K A S
C M U I I S Q A Ž M O N A Q
N M L S A M O T I N O S N B
```

PROTĖVIS
TETA
BROLIS
VAIKAS
VAIKYSTĖ
VAIKAI
PUSBROLIS
DUKRA
TĖVAS
SENELIS

ANŪKAS
VYRAS
MOTINOS
MOTINA
SŪNĖNAS
DUKTERĖČIA
TĖVŲ
SESUO
DĖDĖ
ŽMONA

12 - Farm #1

```
D V T Y F G E V A R N A A Ž
T H D J R O C S R U K M S E
V E R Š E L I S K V A E I M
O I T U R H V S L J T D L D
R S Š I E N A S Y Y Ė U A I
A Y S T N Q B K S J Z S S R
Š A Ž K A V I A B I T Ė M B
J U C I S A Z R P U R K Z Y
M D O V A C O V O D Ą L H S
V I U D D I N Ė G O Š O T T
O Ž K A M V A V D E O S I Ė
L A U K A S S O P T S S O M
V A N D U O Z Z Z I C U K J
G J T E G U Q R E D B T K L
```

ŽEMDIRBYSTĖ	TVORA
BITĖ	TRĄŠOS
BIZONAS	LAUKAS
VERŠELIS	OŽKA
KATĖ	ŠIENAS
VIŠTA	MEDUS
KARVĖ	ARKLYS
VARNA	RYŽIAI
ŠUO	SĖKLOS
ASILAS	VANDUO

13 - Camping

```
V M E D Ž I O K L Ė H N N V
A G M E D Ž I Ų B K O O U Ž
B I Y D A K E P U R Ė S O E
Z C U V E V Ž L Y P N U T M
D N R L Ū D E H H P R G Y Ė
Y J K F O N R U A K P N K L
S P A A G N A V M O M I I A
G A N H J N S I A M Ė S S P
U L O U U U T R K P N R Q I
D A J F B I T V A A U P L S
O P A L Z I R Ė S S L Q L G
M I Š K A S V I Z A I N U P
J N Į D O M U S U S S H A R
D Ė S V G A M T A L O M G S
```

NUOTYKIS
GYVŪNAI
KAJUTĖ
KANOJA
KOMPASAS
UGNIS
MIŠKAS
ĮDOMUS
HAMAKAS
KEPURĖ

MEDŽIOKLĖ
VABZDYS
EŽERAS
ŽEMĖLAPIS
MĖNULIS
KALNAS
GAMTA
VIRVĖ
PALAPINĖ
MEDŽIŲ

14 - Conservation

```
C E Y M S Q Z Ž C K L S A S
S H K V G D N A I L L N B V
L U E O B Y K L K I O F I E
N O M M S H A I L M P P I I
L R P A I I H A A A G M N K
B G E V Ž K S S S T A R Š A
U A S A H I A T V A R U S T
V N T N R I N L E S G B G A
E I I D C R V T A M O V Q O
I N C U H K P Q I I A Q O V
N I I O P N A T Ū R A L U S
Ė S D P E R D I R B T I V T
F S A V A N O R I S O U Q O
S U S I R Ū P I N I M A S L
```

CHEMIKALAI
KLIMATAS
SUSIRŪPINIMAS
CIKLAS
EKOSISTEMA
ŽALIAS
BUVEINĖ
SVEIKATA
NATŪRALUS

ORGANINIS
PESTICIDAS
TARŠA
PERDIRBTI
SUMAŽINTI
TVARUS
SAVANORIS
VANDUO

15 - Numbers

```
D V I D E Š I M T D T A P S
U A L S B N P L R E R Š E E
R E B F O R L Z Y V Y T N P
S D L N A H Z U S Y L U K T
Š E Š I O L I K A N I O I Y
A P E N K I C P V I K N O N
D Š S E P T Y N I O A I L I
E D T V I G T Y E L T O I O
Š E I U R V M I N I E L K L
I V C B O C S K A K Š I A I
M Y S M G N A C S A E K L K
T N D V Y L I K A P Š A A A
A I E Z K E T U R I I R M R
M D E Š I M T A I N I S T Z
```

DEŠIMTAINIS
AŠTUONI
AŠTUONIOLIKA
PENKIOLIKA
PENKI
KETURI
DEVYNI
DEVYNIOLIKA
VIENAS
SEPTYNI

SEPTYNIOLIKA
ŠEŠI
ŠEŠIOLIKA
DEŠIMT
TRYLIKA
TRYS
DVYLIKA
DVIDEŠIMT
DU

16 - Spices

```
G V A Z D I K Ė L I S M C Č
S A L D Y M E D I S O D S E
K S K K A R T I N R C Š N S
O D A I M B I E R A S A C N
N M R S V A N I L Ė A F F A
I V D C V K A L E N D R A K
S D A P I O U F Z Q A A K A
A R M K A N G M K M Y N A I
L U O A P P A Ū I D I A R I
D S N N I E R M N M U S I Q
U K A Y P N Y I O A Z B S S
S A S Ž I C U B K N S R V M
G D G I R Q H I J O A T P O
V G A Ų Ų T R A V K S S L D
```

ANYŽIŲ	IMBIERAS
KARTI	SALDYMEDIS
KARDAMONAS	SVOGŪNAS
CINAMONAS	PAPRIKOS
GVAZDIKĖLIS	PIPIRŲ
KALENDRA	ŠAFRANAS
KMYNAI	DRUSKA
KARIS	SALDUS
SKONIS	VANILĖ
ČESNAKAI	

17 - Mammals

```
K N C C H B V A C O Y O T E
B L S O N J I S V S F K T E
U E G O R I L A Ž I R A F A
L L B T D O K F T K S L U B
I I K R R B A N G I N I S E
U Ū A K A I S A R K L Y S Ž
S T T Y M S U U P P K N V D
Z A Ė O B I T Š K H E L Y Ž
P S R K L Š U O I M N Y A I
L A P Ė Y O R Z I S G V N O
P Z R D S H Ė T C Q Ū H P N
J K Z O D O T Z E B R A S Ė
H L D E L F I N A S A K I C
C H S C G P U C Y O T U K V
```

TURĖTI	GORILA
BEBRAS	ARKLYS
BULIUS	KENGŪRA
KATĖ	LIŪTAS
COYOTE	BEŽDŽIONĖ
ŠUO	TRIUŠIS
DELFINAS	AVIS
DRAMBLYS	BANGINIS
LAPĖ	VILKAS
ŽIRAFA	ZEBRAS

18 - Fishing

```
K  J  A  U  K  A  S  M  H  V  I  P  C  S
A  F  U  K  O  Q  P  F  A  A  U  E  J  E
B  M  G  R  K  P  M  V  R  N  P  R  D  Z
L  E  Ž  E  R  A  S  I  M  D  Ė  D  L  O
Y  R  V  P  R  P  G  E  J  E  V  Ė  T  N
S  U  H  Š  V  L  A  L  J  N  I  J  O  A
B  J  C  E  E  Ū  N  A  E  Y  R  I  Ž  S
I  Z  B  L  S  D  V  Q  I  N  Ė  M  I  P
B  Ļ  Y  I  V  I  V  A  T  A  J  A  A  B
Z  R  F  S  O  M  A  A  N  S  A  S  U  J
K  A  N  T  R  Y  B  Ė  L  D  S  L  N  O
U  N  M  R  I  S  Y  Y  J  T  U  V  O  M
C  G  B  T  S  H  C  Q  Z  I  I  O  S  F
Ž  A  N  D  I  K  A  U  L  I  S  S  Y  J
```

JAUKAS	ŽANDIKAULIS
KREPŠELIS	EŽERAS
PAPLŪDIMYS	VANDENYNAS
VALTIS	KANTRYBĖ
VIRĖJAS	UPĖ
ĮRANGA	SEZONAS
PERDĖJIMAS	VANDUO
ŽIAUNOS	SVORIS
KABLYS	VIELA

19 - Restaurant #1

```
M  K  U  I  P  P  D  J  E  L  S  H  M  V
E  Y  A  E  G  E  E  O  F  K  R  Z  Ė  B
N  B  P  V  E  I  S  D  U  B  U  O  S  F
I  L  K  V  A  L  E  V  I  Š  T  A  A  A
U  P  S  G  M  I  R  V  I  R  T  U  V  Ė
V  A  M  A  I  S  T  A  S  P  P  V  G  L
E  A  L  S  S  V  A  Š  R  A  Y  V  L  Ė
O  N  L  E  S  V  S  T  I  D  D  R  U  K
O  S  Z  G  R  B  J  R  Q  A  H  H  G  Š
J  P  O  Q  Y  G  L  U  J  Ž  D  V  Q  T
S  B  H  R  O  T  I  S  L  A  J  N  G  Ė
A  H  I  H  D  Y  I  J  J  S  O  A  E  M
L  I  R  E  Z  E  R  V  A  C  I  J  A  Y
S  E  R  V  E  T  Ė  L  Ė  D  U  O  N  A
```

ALERGIJA	MĖSA
DUBUO	MENIU
DUONA	SERVETĖLĖ
VIŠTA	LĖKŠTĖ
KAVA	REZERVACIJA
DESERTAS	PADAŽAS
MAISTAS	AŠTRUS
VIRTUVĖ	VALGYTI
PEILIS	

20 - Bees

```
K E D Y G Ė L Ė S S A U L Ė
A A V I L Y S V P O P U Į M
R A U D M U M A I D D U V A
A Ž U P I A O I E A U B A I
L Y I G O I O S Č S L U I S
I V G E A B L I I J K V R T
E M V Z D L Q U U H I E O A
N E E A B A A S S I N I V S
Ė I A D J Y S I Y H T N Ė V
Z K N A U D I N G A O Ė Q A
E K O S I S T E M A J T I Š
V A B Z D Y S U R E A F N K
R Ū K Y T I I V Z M S Y S A
Ž I E D A D U L K Ė S R V S
```

NAUDINGA	MEDUS
ŽIEDAS	VABZDYS
ĮVAIROVĖ	AUGALAI
EKOSISTEMA	ŽIEDADULKĖS
GĖLĖS	APDULKINTOJAS
MAISTAS	KARALIENĖ
VAISIUS	RŪKYTI
SODAS	SAULĖ
BUVEINĖ	SPIEČIUS
AVILYS	VAŠKAS

21 - Sports

```
F B U V J Ž A I D I M A S S
J O Y K O M A N D A T Y O T
U Q Y B P A Z I H Z D G G A
D B I E Y Z S J D N Z O I D
Ė D V I R A T I S Ė F L M I
J Z A S I O J G F N J F N O
I Y R B T E N I S A S A A N
M O A O U P B M Z G C S S A
A M K L L R L N S H L K T S
S L P A I Q P A B Q Z I I T
L Y U S O M N Z U I V F K I
S P O R T I N I N K A S A U
Y Z T E I S Ė J A S T Y N A
Č E M P I O N A T A S I F F
```

SPORTININKAS
BEISBOLAS
DVIRATIS
ČEMPIONATAS
ŽAIDIMAS
GOLFAS
GIMNAZIJA
GIMNASTIKA

RITULIO
JUDĖJIMAS
ŽAIDĖJAS
TEISĖJAS
STADIONAS
KOMANDA
TENISAS
PLAUKTI

22 - Weather

```
T F E Q R D T D D A N G U S
G E M C D J J L E D A S J G
T R M F O H A L Q B H A L A
I O I P Y Z V C J Ž E U P T
J D Q A E Z L I T A K S M M
Q K B N U R G J N I L R I O
Z D R F F S A Z G B I A R S
M V G C N V T T R A M U S F
T O R N A D O I Ū S A D S E
T R O P I N I S N R T R A R
R Ū K A S P T J Y I A A U A
Z P O L I A R I N I S V S C
V A I V O R Y K Š T Ė B A H
M U S O N A S K Z E R A S V
```

ATMOSFERA	MUSONAS
RAMUS	POLIARINIS
KLIMATAS	VAIVORYKŠTĖ
DEBESIS	DANGUS
SAUSRA	AUDRA
SAUSAS	TEMPERATŪRA
RŪKAS	GRIAUSTINIS
LEDAS	TORNADO
ŽAIBAS	TROPINIS

23 - Adventure

```
I R S P A R U O Š I M A S D
E Š Z T D C R G Z I L Q N R
K N Š K E S A U G U M A S A
S A P Ū E B T K R N Q B V U
K U S L K L I G R O Ž I S G
U J Z P E I I N R D R Ą S A
R A S U Z Q A O A L C E S I
S S P A V O J I N G A G U P
I K G A L I M Y B Ė E A N Q
J N A V I G A C I J A M K C
A D Ž I A U G S M A S T U S
V E I K L A E I S V T A M H
M A R Š R U T A S B R A A T
E N T U Z I A Z M A S I S K
```

VEIKLA
GROŽIS
DRĄSA
IŠŠŪKIAI
GALIMYBĖ
PAVOJINGA
SUNKUMAS
ENTUZIAZMAS
EKSKURSIJA
DRAUGAI

MARŠRUTAS
DŽIAUGSMAS
GAMTA
NAVIGACIJA
NAUJAS
PARUOŠIMAS
SAUGUMAS
STEBINA
KELIONĖ

24 - Circus

```
Į A L K L O U N A S L Q G A
S C Ž O N G L I E R I U S N
P R K S R O D Y T I Ū Z S N
Ū O Y T F J N D G S T Q Y D
D B L I R R O K Y A A L B Q
I A M U Z I K A V Y S C U I
N T Q M P E Ž I Ū R O V A S
G Z P A L A P I N Ė M M T F
A N G S M V R N A B A A R B
S B A L I O N A I C G G I N
D R A M B L Y S D Y A I U I
T I G R A S F M J A S J K E
S A L D A I N I A I S A A K
B E Ž D Ž I O N Ė Z S P S J
```

ACROBAT	MAGAS
GYVŪNAI	BEŽDŽIONĖ
BALIONAI	MUZIKA
SALDAINIAI	PARADAS
KLOUNAS	RODYTI
KOSTIUMAS	ĮSPŪDINGAS
DRAMBLYS	ŽIŪROVAS
ŽONGLIERIUS	PALAPINĖ
LIŪTAS	TIGRAS
MAGIJA	TRIUKAS

25 - Restaurant #2

```
D S U P I B V O Š A K U T Ė
R K Ė D Ė P A D A V Ė J A S
U V V Ž J E Q P U S Z K P M
S P A A U S N Y K R S P R A
K E N I K V V J Š I K M I K
A E D Q S A I R T U A E E A
Y M U O Q I R S A B N D S R
D J O Q O T U I S A U A K O
S A L O T O S S E N S R O N
P I E T Ū S F E L N D Ž N A
T O R T A S R P E F Ė O I I
U H N V E E B Y D I P V A G
K I A U Š I N I A I B Ė I Z
Z G G Ė R I M A S P N S M D
```

GĖRIMAS	PIETŪS
TORTAS	MAKARONAI
KĖDĖ	SALOTOS
SKANUS	DRUSKA
VAKARIENĖ	SRIUBA
KIAUŠINIAI	PRIESKONIAI
ŽUVIS	ŠAUKŠTAS
ŠAKUTĖ	DARŽOVĖS
VAISIUS	PADAVĖJAS
LEDAS	VANDUO

26 - Geology

```
O  I  Š  K  A  S  T  I  N  I  O  K  R  Ž
S  T  A  L  A  K  T  I  T  A  S  C  A  E
S  K  V  A  R  C  A  S  O  Y  B  C  C  M
P  L  H  V  K  A  L  C  I  S  C  B  H  Y
P  L  U  A  G  E  I  Z  E  R  I  S  D  N
V  N  Y  O  U  P  H  H  C  B  K  F  M  A
K  S  B  N  K  R  I  S  T  A  L  A  I  S
E  U  R  V  A  S  J  L  E  K  A  D  N  R
C  R  K  V  V  U  N  R  T  M  I  R  E  Ū
B  Q  O  Q  P  E  K  I  G  U  V  U  R  G
L  K  R  Z  Q  U  F  Š  S  O  E  S  A  Š
K  I  A  N  I  E  Z  M  T  V  Y  K  L  T
D  B  L  Z  Q  J  P  F  Y  Ė  F  A  A  I
V  F  Ų  B  M  M  A  E  V  G  C  Z  I  S
```

RŪGŠTIS	GEIZERIS
KALCIS	LAVA
URVAS	SLUOKSNIS
ŽEMYNAS	MINERALAI
KORALŲ	PLYNAUKŠTĖ
KRISTALAI	KVARCAS
CIKLAI	DRUSKA
EROZIJA	STALAKTITAS
IŠKASTINIO	AKMUO

27 - House

```
Ž M D B I B L I O T E K A Q
I U O U Ž U O L A I D O S G
D H C F Š L U O T A H F C A
I C G C K A M B A R Y S E R
N D E B F N S A V A I Y J A
Y U R O V D I L A K P J O Ž
S R E I R E E D T T I T P A
V Y V Z F E N A L A N G A S
I S H O K L A I T I Y R D S
R E T N V E I D R O D I S K
T I I O E M S O D A S N Q B
U Y T S G P A L Ė P Ė D U V
V O J H P A T V O R A Y S H
Ė U Q S E N S A S O D S I A
```

PALĖPĖ	RAKTAI
ŠLUOTA	VIRTUVĖ
UŽUOLAIDOS	LEMPA
DURYS	BIBLIOTEKA
TVORA	VEIDRODIS
ŽIDINYS	STOGAS
GRINDYS	KAMBARYS
BALDAI	DUŠAS
GARAŽAS	SIENA
SODAS	LANGAS

28 - Comedy

```
R C L P Q H H J V F I K Į A
Ž A N R A S L U D P L L D U
C K U O N U U O M L M O O D
S T B T E D S K F O T U M I
N O B I K Z I A O J R N U T
C R I N D O L S C I U A S O
C Ė Y G O I N Z K M Y I S R
D Q A A T E A T R A S T A I
B T B S A K T O R I U S Y J
I Š R A I Š K I N G A S I A
I M P R O V I Z A C I J A Z
Q C Q J U O K I N G A B I T
P A R O D I J A D L Z N C Q
P R A A T E L E V I Z I J A
```

AKTORIUS
AKTORĖ
PLOJIMAI
AUDITORIJA
PROTINGAS
KLOUNAI
IŠRAIŠKINGAS
ĮDOMUS
JUOKINGA

ŽANRAS
HUMORAS
IMPROVIZACIJA
ANEKDOTAI
JUOKAS
PARODIJA
TELEVIZIJA
TEATRAS

29 - School #1

```
D P P A S T A L A S M A O A
E R O I K L A S Ė K O B R H
A E A P E Y M N J A K Ė U N
O E A U I T I K Į I Y C F T
K G A V G E Ū N D T T Ė F M
A Z D K T A R S O Y O L K A
R A Š Y T I I I M T J Ė N T
U M Q U D V K Q U I A L Y E
P I E Š T U K A S S S K G M
M N A P L A N K A S E Ė A A
G A R A Š I K L I A I D P T
Q I A T S A K Y M A I Ė K I
V I K T O R I N A Z N R A K
F V V Z B I B L I O T E K A
```

ABĖCĖLĖ	BIBLIOTEKA
ATSAKYMAI	PIETŪS
KNYGA	MATEMATIKA
KĖDĖ	POPIERIUS
KLASĖ	PIEŠTUKAS
STALAS	RAŠIKLIAI
EGZAMINAI	VIKTORINA
APLANKAS	MOKYTOJAS
DRAUGAI	SKAITYTI
ĮDOMUS	RAŠYTI

30 - Dance

```
R L R T M A Q K S M Q C V S
I Q A K A D E M I J A H Z I
T U M Ū K U L T Ū R A O P Š
M A L N F M U Z I K A R K R
A T R A D I C I N I S E L A
S H F S T A A A V Y V O A I
R E P E T I C I J A P G S Š
L A I K Y S E N A E I R I K
P A R T N E R I S M M A K I
V A I Z D I N I S O A F I N
S O Q Q K Z B Y Y C L I N G
D E H T M M Q I E I O J I A
J U D Ė J I M A S J N A S S
M E N A S C H T B A Ė Y U O
```

AKADEMIJA	JUDĖJIMAS
MENAS	MUZIKA
KŪNAS	PARTNERIS
CHOREOGRAFIJA	LAIKYSENA
KLASIKINIS	REPETICIJA
KULTŪRA	RITMAS
EMOCIJA	TRADICINIS
IŠRAIŠKINGAS	VAIZDINIS
MALONĖ	

31 - Climbing

```
S Q B Q A P I R Š T I N Ė S
Ž I H L A T Q L G G U J V U
E Š A A K K M S A Z R P A S
M Š K U M N E O L B V T D T
Ė Ū D K R B K R S P A R O A
L K S Š M A S E M F S T V B
A I T T O T P L A I E V A I
P A I I K A E J L Z B R I L
I I P S Y I R E S I H Y A U
S E R G M G T F U N L O U M
R T U M A N A A M I P S T A
T R M N I S S S A S G D L S
Q Š A L M A S O S D Z Q N S
Y P S N L I Z K Ž Y G I A I
```

AUKŠTIS	ŠALMAS
ATMOSFERA	ŽYGIAI
BATAI	ŽEMĖLAPIS
URVAS	SIAURA
IŠŠŪKIAI	FIZINIS
SMALSUMAS	STABILUMAS
EKSPERTAS	STIPRUMAS
PIRŠTINĖS	RELJEFAS
VADOVAI	MOKYMAI

32 - Shapes

```
F V L B J C R O M U G K O G
Y D T R I K A M P I S U H B
H V O K V Q T J U T M B Z O
I S M L K V A D R A T A S V
P R I Z M Ė S F E R A S A A
P U S A U F I K T D S C M L
I K S K G R G R D K M T U U
R Ū Z Ė H I P E R B O L E S
A G B M Y H J I L I N I J A
M I M S E K L V A I L S J K
I S R K F E A Ė R D P R I A
D J C I L I N D R A S S P P
Ė S N H N D K Q Z R G Z Ė F
K A M P A S O K R A Š T A I
```

LANKO   HIPERBOLE
RATAS   LINIJA
KŪGIS   OVALUS
KAMPAS   PRIZMĖ
KUBAS   PIRAMIDĖ
KREIVĖ   PUSĖ
CILINDRAS   SFERA
KRAŠTAI   KVADRATAS
ELIPSĖ   TRIKAMPIS

33 - Scientific Disciplines

```
H  R  M  L  E  I  F  V  G  B  K  B  F  C
T  A  B  K  H  R  R  E  E  C  A  I  I  F
E  R  Q  Z  U  B  F  A  O  A  L  O  Z  L
R  C  H  E  M  I  J  A  L  N  B  L  I  N
M  H  I  M  Z  O  V  S  O  A  O  O  O  M
O  E  D  D  R  C  C  T  G  T  T  G  L  E
D  O  N  E  B  H  A  R  I  O  Y  I  O  C
I  L  P  S  K  E  M  O  J  M  R  J  G  H
N  O  U  L  I  M  E  N  A  I  A  A  I  A
A  G  J  H  J  I  M  O  U  J  N  B  J  N
M  I  K  L  C  J  E  M  L  A  T  J  A  I
I  J  B  O  T  A  N  I  K  A  C  D  E  K
K  A  Q  Q  O  K  L  J  S  Y  F  F  K  A
A  B  M  I  N  E  R  A  L  O  G  I  J  A
```

ANATOMIJA	GEOLOGIJA
ARCHEOLOGIJA	KALBOTYRA
ASTRONOMIJA	MECHANIKA
BIOCHEMIJA	MINERALOGIJA
BIOLOGIJA	FIZIOLOGIJA
BOTANIKA	TERMODINAMIKA
CHEMIJA	

34 - School #2

```
D  B  I  B  L  I  O  T  E  K  A  E  L  P
T  R  I  N  T  U  K  A  S  T  K  E  I  D
V  P  A  K  U  P  R  I  N  Ė  O  Z  T  S
R  O  R  U  A  A  H  Q  E  Q  M  B  E  G
Ž  P  H  T  G  L  M  B  I  K  P  A  R  R
R  I  H  M  R  A  E  M  D  U  I  Š  A  A
E  E  R  O  I  F  I  N  C  M  U  V  T  M
I  R  Ž  K  N  H  V  P  D  N  T  I  Ū  A
K  I  O  Y  L  L  S  O  E  O  E  E  R  T
M  U  D  T  J  Ė  A  T  C  N  R  T  A  I
E  S  Y  O  I  C  S  O  R  Y  I  I  Y  K
N  C  N  J  V  E  I  K  L  A  S  M  U  A
Y  A  A  A  K  N  Y  G  A  A  H  A  D  S
S  Y  S  S  M  O  K  S  L  A  S  S  N  K
```

VEIKLA	GRAMATIKA
KUPRINĖ	BIBLIOTEKA
KNYGA	LITERATŪRA
KALENDORIUS	POPIERIUS
KOMPIUTERIS	MOKSLAS
ŽODYNAS	ŽIRKLĖS
ŠVIETIMAS	REIKMENYS
TRINTUKAS	MOKYTOJAS
DRAUGAI	

35 - Science

```
I C L E V O L I U C I J A T
Š H J K L I M A T A S U H D
K E E S I Y R G E D P N N U
A M O P A U G A L A I P T O
S I R E S T R M H B T Q Z M
T N G R A V I T A C I J A E
I I A I E G L A C U S T F N
N S N M M O L E K U L Ė S Y
I A I E F D A L E L Ė S Y S
O T Z N H I P O T E Z Ė U D
B O M T G H Z R V K L A S P
R M A A C E D I F A K T A S
Y A S S U B Y M K J F O U N
A S H L M E T O D A S G L Z
```

ATOMAS
CHEMINIS
KLIMATAS
DUOMENYS
EVOLIUCIJA
EKSPERIMENTAS
FAKTAS
IŠKASTINIO
GRAVITACIJA

HIPOTEZĖ
METODAS
MOLEKULĖS
GAMTA
ORGANIZMAS
DALELĖS
FIZIKA
AUGALAI

36 - To Fill

```
M B U T E L I S F S A J V M
V A M Z D I S L R C P O A V
K C I O V F B A R E L Į Z O
K K I Š E N Ė G C C A P A K
S R Q L A I V A S C N F E A
T P E E N S H M D Ė K L A S
A J A P Q U V I Ė E A B F Q
L Z S K Š N K N Ž I S A P B
Č B D D E E Z A U V E S F Y
I D Ė Ž Ė T L S T M N E K F
U D O J U D A I Ė D T I Q U
S J U Y F M K S S K E N O U
S T I K L A I N I S F A K S
K I B I R A S R O A T S V D
```

MAIŠAS   APLANKAS
BARELĮ   STIKLAINIS
BASEINAS   PAKETAS
KREPŠELIS   KIŠENĖ
BUTELIS   LAGAMINAS
DĖŽĖ   DĖKLAS
KIBIRAS   VAMZDIS
DĖŽUTĖ   VAZA
STALČIUS   LAIVAS
VOKAS

37 - Summer

```
Š C V S Q R J V A R K N L Y
D E H A O C Ū S C O I A R T
L P I C F D R J K L M R H A
J H Y M R O A Y Ž A J D E A
K B L Q A D K S V I Ž Y E K
D Ž I A U G S M A S A M D S
P L A U K T I E I V I A R A
M G E D L K N Y G A D S A N
U A L Y O I A K Ž L I I U D
Z K I H F U M J D A M C G A
I N M S A R A H Ė I A J A L
K U F I T C I F S K I I I A
A A L Z Z A K E L I O N Ė I
Y I P P D O S U Q S E S S R
```

KNYGA	DŽIAUGSMAS
NARDYMAS	LAISVALAIKIS
ŠEIMA	MUZIKA
MAISTAS	SANDALAI
DRAUGAI	JŪRA
ŽAIDIMAI	ŽVAIGŽDĖS
SODAS	PLAUKTI
NAMAI	KELIONĖ

38 - Clothes

```
B  P  I  Ž  A  M  A  Š  P  E  H  Y  U  O
S  A  N  D  A  L  A  I  A  E  M  Y  F  H
I  L  T  S  P  O  T  V  P  L  D  Q  F  R
J  A  D  Ų  Y  M  K  Q  U  T  I  N  K  Q
O  I  Ž  M  R  N  R  P  O  J  R  K  F  N
N  D  I  M  A  D  A  T  Š  A  Ž  E  A  Q
A  I  N  P  N  R  L  B  A  N  A  L  U  S
S  N  S  C  K  Y  Š  D  L  I  S  N  K  U
D  Ė  A  N  Ė  P  K  A  Q  Z  Ė  N  K
L  C  I  N  S  C  K  A  I  L  I  S  Y  N
K  E  P  U  R  Ė  Z  R  E  N  H  A  C  E
P  I  R  Š  T  I  N  Ė  S  J  I  L  D  L
P  R  I  J  U  O  S  T  Ė  E  Y  A  J  Ė
F  Y  A  U  B  S  T  R  I  U  K  Ė  I  Z
```

PRIJUOSTĖ	DŽINSAI
DIRŽAS	PAPUOŠALAI
PALAIDINĖ	PIŽAMA
APYRANKĖ	KELNĖS
KAILIS	SANDALAI
SUKNELĖ	ŠALIKAS
MADA	MARŠKINIAI
PIRŠTINĖS	BATŲ
KEPURĖ	SIJONAS
STRIUKĖ	

39 - Insects

```
Ž  L  K  I  G  N  A  T  V  N  P  R  O  O
C  I  B  I  E  D  R  O  N  K  A  Z  Z  U
L  C  O  Q  V  A  B  A  L  A  S  H  Q  Y
T  I  S  G  K  I  R  M  I  N  A  S  T  A
E  C  Z  K  A  D  R  U  G  E  L  I  S  L
R  A  T  Z  R  S  Z  F  Y  K  A  C  M  E
M  D  A  L  A  U  M  Ž  I  R  G  I  S  R
I  A  R  B  O  F  Z  F  O  C  A  V  Q  V
T  C  A  M  A  R  Ų  D  C  J  Q  A  H  A
A  H  K  L  I  C  Š  R  Ė  J  S  P  U  D
S  A  O  R  B  I  I  U  B  L  U  S  O  S
M  A  N  T  I  S  R  G  H  K  Ė  V  D  L
Y  Y  A  A  T  N  Š  Y  M  B  J  A  A  F
P  D  S  C  Ė  H  Ė  S  O  S  Z  H  S  V
```

SKRUZDĖLĖ	ŽIOGAS
AMARŲ	ŠIRŠĖ
BITĖ	BIEDRONKA
VABALAS	LERVA
DRUGELIS	MANTIS
CICADA	UODAS
TARAKONAS	DRUGYS
LAUMŽIRGIS	TERMITAS
BLUSOS	VAPSVA
GNAT	KIRMINAS

40 - Astronomy

```
S U Y L Y G I A D I E N I S
U J Q Z V D A N G U S R P P
P L A N E T A L R A K E T A
E A A S T R O N A U T A S H
R A D I A C I J A K K Q S C
N P A L Y D O V A S T O H T
O O B S E R V A T O R I J A
V A S T R O N O M A S E K J
A L Ū K A S T Q V I K Q S A
A S T E R O I D A S R G Q V
Ž E M Ė M E T E O R A S R U
I O J Q E S T M Ė N U L I S
H D Ž V A I G Ž D Y N A S L
K O S M O S A S S H B P V M
```

ASTEROIDAS	MĖNULIS
ASTRONAUTAS	ŪKAS
ASTRONOMAS	OBSERVATORIJA
ŽVAIGŽDYNAS	PLANETA
KOSMOSAS	RADIACIJA
ŽEMĖ	RAKETA
LYGIADIENIS	PALYDOVAS
GALAKTIKA	DANGUS
METEORAS	SUPERNOVA

41 - Pirates

```
F  B  L  P  P  P  K  Q  T  M  K  C  T  Z
V  Ė  L  I  A  V  A  U  O  F  I  H  I  I
Ž  R  Ļ  O  P  F  P  V  R  M  S  L  L  E
E  A  G  Q  L  A  I  M  O  N  E  T  O  S
M  N  U  G  Ū  F  T  I  M  J  C  Z  H  K
Ė  D  L  H  D  L  O  J  A  N  U  Y  A  A
L  A  A  O  I  B  N  F  S  T  R  S  A  R
A  S  K  O  M  P  A  S  A  S  V  F  U  D
P  B  L  Y  Y  S  S  L  D  A  D  K  A
I  A  L  K  S  C  I  Y  A  L  S  B  S  S
S  O  P  O  L  E  G  E  N  D  A  V  A  Z
Q  I  P  Ū  G  I  N  K  A  R  A  S  S  T
P  O  Q  P  G  A  N  U  O  T  Y  K  I  S
R  G  B  S  U  A  I  L  O  B  I  S  F  Q
```

NUOTYKIS	VĖLIAVA
INKARAS	AUKSAS
BLOGAI	SALA
PAPLŪDIMYS	LEGENDA
KAPITONAS	ŽEMĖLAPIS
URVAS	PAPŪGA
MONETOS	ROMAS
KOMPASAS	RANDAS
ĮGULA	KARDAS
PAVOJUS	LOBIS

42 - Time

```
V A L A N D A D Q S K C L A
B D M E T A I A Y T A D U T
M E T I N I S U P O L I R E
Y Ė G N E S E L N B E E U I
D I N Q M L Š J H A N N F T
P D Q U B N I F L J D A M I
G N K K O L A I K R O D I S
P R I E Š C N K A E R A N A
P U E U P F D R T K I N U V
D Z T I Y O I Y U I U K T A
A A D R T N E T U A S S Ė I
B Z P J Q A N A B F R T I T
A M Ž I U S I S Z H U I Y Ė
R E M V I D U R D I E N I S
```

METINIS   MĖNUO
PRIEŠ   RYTAS
KALENDORIUS   NAKTIS
AMŽIUS   VIDURDIENIS
LAIKRODIS   DABAR
DIENA   GREITAI
ANKSTI   ŠIANDIEN
ATEITIS   SAVAITĖ
VALANDA   METAI
MINUTĖ

43 - Buildings

```
J Ū K P N I B Z L R G O I Y
M S K K A J U T Ė L A B U M
O A T I C L T Z H O R S R U
K M E A S S A A C S A E K Z
Y B B Q D E S P Q A Ž R I I
K A O P O I L Y I M A V N E
L S K I P T O I V N S A A J
A A Š L I G O N I N Ė T S U
B D T I L J Q Y A K C O K S
D A A S N G V P O S F R L Z
C M S T E A T R A S P I Ė T
V I E Š B U T I S I Q J T O
G A M Y K L A J E G H A I R
L A B O R A T O R I J A S V
```

BUTAS
KLĖTIS
KAJUTĖ
PILIS
KINAS
AMBASADA
GAMYKLA
ŪKIS
GARAŽAS
LIGONINĖ

VIEŠBUTIS
LABORATORIJA
MUZIEJUS
OBSERVATORIJA
MOKYKLA
STADIONAS
PALAPINĖ
TEATRAS
BOKŠTAS

44 - Herbalism

```
P A N K O L I S S M I T F F
R D B B K C K N K J J A L P
A E E Z J Ž S P O S F D E B
U R O Z M A R I N A S C V A
D A U G A L A S I M Ė T A Z
O M P Č G I P Š S M O K N I
N A A G E A F A V O U J D L
Ė I K B G S R F L V D E Ų I
L R B J Ė J N R U T U A H K
I Ū K U L I N A R I J A S A
S N G P Ė O A N K N P R S S
N A U D I N G A H A Z H Z N
B S V R P G A S I J I C L E
I N G R E D I E N T A S E P
```

BAZILIKAS
NAUDINGA
KULINARIJA
PANKOLIS
SKONIS
GĖLĖ
SODAS
ČESNAKAI
ŽALIAS

INGREDIENTAS
LEVANDŲ
MAIRŪNAS
MĖTA
RAUDONĖLIS
AUGALAS
ROZMARINAS
ŠAFRANAS

45 - Toys

```
K A M U O L Y S M N Ž M M Š
D E A M T A Z S D O A Ė J A
A V R V O M R O F B I G G C
I A I T A L N E L U D S R H
T U Q R M I I J Ė Y I T I M
V T I A A I Z S K J M A B A
A O U U T T V D T Z A M Ū T
R M F K A P I Q U R I A G A
A O V I I C Q S V O K S N I
S B A N K N Y G A B T L A A
O I L Y R V I Y S O Z Ė I K
K L T S C D U V C T D L B Z
A I I M B F A K G A Z Ė H O
Z S S D A Ž A I B S G R Y H
```

LĖKTUVAS
KAMUOLYS
DVIRATIS
VALTIS
KNYGA
AUTOMOBILIS
ŠACHMATAI
MOLIS
AMATAI

LĖLĖ
BŪGNAI
MĖGSTAMAS
ŽAIDIMAI
VAIZDUOTĖ
AITVARAS
DAŽAI
ROBOTAS
TRAUKINYS

46 - Vehicles

```
R A K E T A V A N D N K L A
S U N K V E Ž I M I S L Ė U
V R G Q A H L P H K D O K T
A O H D V I R A T I S T T O
R V U H I F M D K K V R U B
S H U T T L E A K E A A V U
Q J N A B E T N Q P L K A S
F A R K M V R G K I T T S A
Y J H S Y D O O L C I O A S
V A R I K L I S G D S R H S
P L A U S T A S V D F I C L
A U T O M O B I L I S U G B
K A R A V A N A S S V S H R
L O M O T O R O L E R I S N
```

LĖKTUVAS   RAKETA
DVIRATIS   MOTOROLERIS
VALTIS   SHUTTLE
AUTOBUSAS   METRO
AUTOMOBILIS   TAKSI
KARAVANAS   PADANGOS
KELTAS   TRAKTORIUS
VARIKLIS   SUNKVEŽIMIS
PLAUSTAS   VAN

47 - Flowers

```
P L U M E R I A L E L I J A
B U Ž I E D L A P I S K D Y
T I O A R O Ž Ė C R I P E R
U F J K N A L E V A N D Ų O
L T A Ū Š D K L F T A A U R
P E O D N T R Z S N R I L C
Ė R O K H A Ė I F S C S R H
D M M R I T S I U N I Y Q I
O S A L Y V I N Ė S Z F C D
B H I B I S C U S I A Q Z Ė
I A G U O N A J D E S U T J
L I V A O M A G N O L I J A
A G A R D E N I A Y T Z U Q
S K I A U L P I E N Ė Z G L
```

PUOKŠTĖ
DOBILAS
NARCIZAS
DAISY
KIAULPIENĖ
GARDENIA
HIBISCUS
ANDRIUS
LEVANDŲ
ALYVINĖ

LELIJA
MAGNOLIJA
ORCHIDĖJA
BIJŪNAS
ŽIEDLAPIS
PLUMERIA
AGUONA
ROŽĖ
TULPĖ

48 - Town

```
K I N A S R O O N N T O H R
N H G G A L E R I J A K V E
Y V S S L Q U O A N M A I S
G A T P A R D U O T U V Ė T
Y B A N K A S O Z V Z I V O
N Y D K C I V S E U I N F R
A V I E Š B U T I S E Ė L A
S M O K Y K L A I J J E O N
E D N L E S L S R V U I R A
T E A T R A S I P I S T I S
F S S K L H Y S N L N J S A
K E P Y K L A C T I A K T F
V A I S T I N Ė Y Q K M A U
B I B L I O T E K A A A S T
```

ORO UOSTAS
KEPYKLA
BANKAS
KNYGYNAS
KAVINĖ
KINAS
KLINIKA
FLORISTAS
GALERIJA
VIEŠBUTIS

BIBLIOTEKA
RINKA
MUZIEJUS
VAISTINĖ
RESTORANAS
MOKYKLA
STADIONAS
PARDUOTUVĖ
TEATRAS

49 - Antarctica

```
Į  M  I  G  R  A  C  I  J  A  A  T  Y  S
L  I  Q  T  P  D  M  F  H  V  C  P  Y  T
A  L  Š  A  P  L  I  N  K  A  K  O  H  Y
N  E  K  S  P  E  D  I  C  I  J  A  V  L
K  D  C  B  A  J  A  C  T  J  V  J  P  E
A  A  K  I  P  U  Z  V  Y  U  A  G  A  D
H  S  I  T  I  K  G  R  R  J  N  A  U  Y
Ž  E  M  Y  N  A  S  O  Ė  S  D  I  K  N
R  O  Y  Z  T  P  L  C  J  B  U  B  Š  A
N  G  G  N  T  Q  Y  K  A  I  O  F  Č  I
Z  F  D  E  B  E  S  Y  S  A  M  V  I  P
T  E  M  P  E  R  A  T  Ū  R  A  A  Ų  M
M  O  K  S  L  I  N  I  S  A  L  O  S  I
G  E  O  G  R  A  F  I  J  A  A  I  G  E
```

ĮLANKA	LEDYNAI
PAUKŠČIŲ	LEDAS
DEBESYS	SALOS
IŠSAUGOJIMAS	MIGRACIJA
ŽEMYNAS	TYRĖJAS
COVE	ROCKY
APLINKA	MOKSLINIS
EKSPEDICIJA	TEMPERATŪRA
GEOGRAFIJA	VANDUO

50 - Ballet

```
R O I Š R A I Š K I N G A S
Į I R A M V Y V J J I G S Š
G R T K A E B J B K J E T O
Ū A E M E H E A Q Q M S I K
D U C E A S Z S L J J T L Ė
I M H N U S T V N E V A I J
S E N I D O T R I A R S U A
M N I N I A U U A M Q I S I
U Y K I T L K V P S G A N A
Z S A S O H P R A K T I K A
I P E E R P A M O K O S C O
K B L G I I M M V U C V Z V
A P L O J I M A I L A Q V P
Z P N B A G R A K Š T U S U
```

PLOJIMAI	RAUMENYS
MENINIS	MUZIKA
AUDITORIJA	ORKESTRAS
BALERINA	PRAKTIKA
ŠOKĖJAI	RITMAS
IŠRAIŠKINGAS	ĮGŪDIS
GESTAS	STILIUS
GRAKŠTUS	TECHNIKA
PAMOKOS	

51 - Human Body

```
V A V Š I R D I S G J B O O
S E P N U K A U L A I R A V
M S I O J O S N Y L K M Z A
E M R D Ž J Y H K V J H R L
G H Š A A A B T A A D J N K
E V T F N S A J K E L I S Ū
N A A Č D K U P L Y T C I N
Y U S I I S S M A K R A S Ė
S M Y U K F I M S P Z L Q D
P E I R A N S D U I E I N Z
E V A N U N O S I S Z Č L L
U S K O L K R A U J A S I D
Z K P S I O N D B U R N A Ų
E J D R S P K D H F Q Z F N
```

ČIURNOS	GALVA
KRAUJAS	ŠIRDIS
KAULAI	ŽANDIKAULIS
SMEGENYS	KELIS
SMAKRAS	KOJA
AUSIS	BURNA
ALKŪNĖ	KAKLAS
VEIDAS	NOSIS
PIRŠTAS	PEČIŲ
RANKA	ODA

52 - Musical Instruments

```
T A M B U R I N A S S G O D
M G L L Ū G O N G A S K F D
Q A T F A G O T A S B A T R
T P R U O C N S A R F A P T
Q L I I M U Š A M I E J I Z
G B M T M F H K S F N M A V
T I I S S B Q S N L H A N O
F V T U D F A O Z E S N I B
N T A A I Q F F A I Y D N O
U K S C R T G O T T B O A J
M B V O T A S N J A A L S U
T R O M B O N A S F N I S S
S M U I K A S S G S J N A G
V I O L O N Č E L Ė O A B M
```

BANJO
FAGOTAS
VIOLONČELĖ
BŪGNAS
FLEITA
GONGAS
GITARA
ARFA
MANDOLINA

MARIMBA
OBOJUS
MUŠAMIEJI
PIANINAS
SAKSOFONAS
TAMBURINAS
TROMBONAS
TRIMITAS
SMUIKAS

53 - Fruit

```
M E L I O N A S A R B V C I
A N A N A S A I K M A Y I S
N L B L S V B I R E N Š T M
G O R P V K Y Y I K A N R G
O B I F A S Y N A B N I I O
N U K O F P A L U K A A N J
N O O D V P A Y Š O S R A Q
B L S D D A Q J Ė K G F L K
D I A E V V I A A O N Ė Y R
T Ų S M Z O P E R S I K A S
E U O G A N E K T A R I N Ų
G V A J A V O S M S H V Z U
D V V N D Q A V I E Č I Ų I
G E E D Z A V O K A D A S B
```

OBUOLIŲ	KIVI
ABRIKOSAS	CITRINA
AVOKADAS	MANGO
BANANAS	MELIONAS
UOGA	NEKTARINŲ
VYŠNIA	PAPAJA
KOKOSAS	PERSIKAS
PAV	KRIAUŠĖ
VYNUOGĖ	ANANASAI
GVAJAVOS	AVIEČIŲ

54 - Virtues #1

```
P A T I K I M A S M A L S U
A S O J H I J R Ž P Q R M F
C U M K N L E Š A R L H E H
I B E F E K T Y V U S D N D
E F Y G T F K S U A C E I J
N A U D I N G A S U R N N G
T P A Ž A N G I O S M U I E
A T U R T I N G A V T H S R
S K A H R R J U O K I N G A
Q U P R A K T I N I S H L I
H K Q L E M I A M A S O R I
U L A I S T R I N G A S J H
U U I Š M I N T I N G A S Z
H S V G F K Q P K C G C Y Q
```

MENINIS   NAUDINGA
ŽAVUS   PAŽANGIOS
ŠVARUS   KUKLUS
SMALSU   AISTRINGAS
LEMIAMAS   PACIENTAS
EFEKTYVUS   PRAKTINIS
JUOKINGA   PATIKIMAS
TURTINGA   IŠMINTINGAS
GERAI

55 - Kitchen

```
Š A U K Š T A I G E Z N A I
S E R V E T Ė L Ė R C H S Q
Š A L D Y T U V A S I N M V
K E M P I N Ė Š Z N H L H G
U K H F D M M V A Z R G I H
P R I J U O S T Ė K Z J Š S
F C I G B R Q L Ą V Ė N A P
A Z J S U K A Y S I V S L E
D N Q O O A U A O R A T D I
F Q H O O I D T T D L N I L
R E C E P T A S I U G R K I
N S V J M Ė Z J S L Y C L A
P U O D E L I A I Y T E I I
M A I S T A S G G S I S S M
```

PRIJUOSTĖ   PEILIAI
DUBUO   SERVETĖLĖ
PUODELIAI   ORKAITĖ
MAISTAS   RECEPTAS
ŠAKĖS   ŠALDYTUVAS
ŠALDIKLIS   KEMPINĖ
GRILIS   ŠAUKŠTAI
ĄSOTIS   VALGYTI
VIRDULYS

56 - Art Supplies

```
C  L  P  M  P  Y  V  K  T  A  F  A  A  M
V  L  I  O  O  K  K  Ū  E  N  O  K  L  M
M  Q  E  L  P  H  Q  R  F  G  T  R  Y  O
N  B  Š  B  I  I  S  Y  M  L  O  I  V  L
H  K  T  E  E  D  S  B  Š  I  A  L  A  I
L  R  U  R  R  Ė  T  I  E  S  P  A  U  S
Z  A  K  T  I  J  A  Š  P  H  A  S  Q  P
V  Š  A  A  U  O  L  K  E  D  R  C  G  A
M  A  I  S  S  S  A  U  Č  E  A  O  D  L
V  L  N  E  L  H  S  M  I  B  T  Ž  I  V
L  A  J  D  B  V  N  A  A  H  A  I  A  A
D  S  H  O  U  G  B  S  I  A  S  R  C  I
E  P  Q  N  S  O  K  L  I  J  A  I  Y  J
K  Ė  D  Ė  T  R  I  N  T  U  K  A  S  E
```

AKRILAS	KLIJAI
ŠEPEČIAI	IDĖJOS
FOTOAPARATAS	RAŠALAS
KĖDĖ	ALYVA
ANGLIS	DAŽAI
MOLIS	POPIERIUS
SPALVA	PIEŠTUKAI
KŪRYBIŠKUMAS	STALAS
MOLBERTAS	VANDUO
TRINTUKAS	

57 - Science Fiction

```
B T J K D D O I C S J E T D
E T S I C U D A Y P V K E I
K V A N M G T T D R T S C S
Z P Y A O N R O N O T T H T
U L K S R I Y M P G S R N O
F A N T A S T I N I S E O P
Z N Y I C C V N R M J M L I
R E G M L L C I B A V A O J
S T A F E H O S S S N L G A
B A R O B O T A I H L U I J
E C H E M I K A L A I S J E
F U T U R I S T I N I S A F
P A S L A P T I N G A S E A
K L O N A I L I U Z I J A B
```

ATOMINIS
KNYGA
CHEMIKALAI
KINAS
KLONAI
DISTOPIJA
SPROGIMAS
EKSTREMALUS
FANTASTINIS

UGNIS
FUTURISTINIS
ILIUZIJA
PASLAPTINGAS
ORACLE
PLANETA
ROBOTAI
TECHNOLOGIJA
UTOPIJA

58 - Kindness

```
M H Q B M F N I A Š Q P N T
O E H U V T A N S V F A U B
M A I Q T J U T T E N T O P
O F J L Q B D V T L D I Š C
L F P K U E I R A N R K I L
Z M E I Y S N O F U A I R A
S V E T I N G A S S U M D B
D I R I U N A H B I G A U D
R S T I K R A S K M I S S A
P A C I E N T A S L Š A T R
H I Z Y O U G I O Ū K M R O
M Y L I N T I S N S A E R S
L A I M I N G A S G S R P Z
D Ė M E S I N G A S A B V A
```

MEILUS
DĖMESINGAS
LABDAROS
DRAUGIŠKAS
TURTINGA
ŠVELNUS
TIKRAS
LAIMINGAS

NAUDINGA
NUOŠIRDUS
SVETINGAS
MYLINTIS
PACIENTAS
IMLŪS
PATIKIMAS

59 - Airplanes

```
Z Y O V K R Y P T I S S I D
F K O R A S T V P P R R Š A
N C V V I N D H T B K A K N
K U R A S T D E D L V I R G
A U K Š T I S E C V Y G O U
T P I L O T A S N T V T V S
M F L I R B R Y Į I Q A I N
O B A L I O N A S G L S M U
S Y Q L J J M K I K U I O O
F D I Z A I N A S Z N L S T
E S T A T Y B A S K Z E A Y
R H V A R I K L I S R E P K
A K E L E I V I S M L L O I
N U S I L E I D I M A S H S
```

NUOTYKIS   KURAS
ORAS   AUKŠTIS
ATMOSFERA   ISTORIJA
BALIONAS   VANDENILIS
STATYBA   IŠKROVIMO
ĮGULA   KELEIVIS
NUSILEIDIMAS   PILOTAS
DIZAINAS   SRAIGTAS
KRYPTIS   DANGUS
VARIKLIS

60 - Ocean

```
D U M B L I A I U E O Y D P
B A N G I N I S N E S V K S
T K R A B A S E G R I Ė R P
V U E B A N G A U E O Ž E Z
G M N D Q T N K R K M L V N
L E A A P Y U E Y I U Y E Ž
C D R U S K A M S S F S T U
E Ū Z D S H K P Z C N A Ė V
Y Z T R D T O I K G P N S I
V A K A C H R N A P Y N H S
R Y K L Y S A Ė J R L H C D
S F B O D E L F I N A S M P
Z S L T R K Ų S S O L C O F
N E F A Š T U O N K O J I S
```

DUMBLIAI
KORALŲ
KRABAS
DELFINAS
UNGURYS
ŽUVIS
MEDŪZA
AŠTUONKOJIS
AUSTRĖ
RIFAS

DRUSKA
RYKLYS
KREVETĖS
KEMPINĖ
AUDRA
BANGA
TUNAS
VĖŽLYS
BANGINIS

61 - Birds

```
A T B U P Z P M I E D Y S K
H O A T N J O G V D D K T I
E U S G B C V I Š T A O R A
P C Y V B R A E T N H H U U
S A F O G C S E R K Z A T Š
G N P L K I R A S E U N I I
G U E P A P Ū G A L L T S N
A K L Y N M I A D G P I M I
N A I B Ž V I R B L I S S S
D N K B Ė P I N G V I N A S
R A A M J G C Y G E G U T Ė
A R N F K Ž Ą S Ų A F Y N G
S A A V A R N A V E S Q D D
R I S Z A T T G J Q S B M L
```

KANARAI	GARNYS
VIŠTA	STRUTIS
VARNA	PAPŪGA
GEGUTĖ	POVAS
ANTIS	PELIKANAS
ERELIS	PINGVINAS
KIAUŠINIS	ŽVIRBLIS
FLAMINGAS	GANDRAS
ŽĄSŲ	GULBĖ
KIRAS	TOUCAN

62 - Art

```
S U D Ė T I N G A S I N S S
I N N E K D I Q T K Š U I I
Y Y A U A U R P A U R O U M
H O J K O G R L S L A Š R B
F R C L C T Q T B P I I R O
A I T E M A A P I T Š R E L
S G G C L R C I M Ū K D A I
M I D Ū Q B Z D K R A U L S
E N V M R H S Y K A V S I U
N A C M V A T A P Y B A Z D
I L K H Į K V Ė P T A S M Ė
N U K E R A M I K O S D A T
I S P A P R A S T A S B S I
S V A I Z D U O T I S Z K S
```

KERAMIKOS

ORIGINALUS

SUDĖTINGAS

TAPYBA

SUDĖTIS

ASMENINIS

KURTI

VAIZDUOTI

IŠRAIŠKA

SKULPTŪRA

FIGŪRA

PAPRASTAS

NUOŠIRDUS

TEMA

ĮKVĖPTAS

SIURREALIZMAS

NUOTAIKA

SIMBOLIS

63 - Autumn

```
M U M B S F E B Z I A D L K
M I G R A C I J A Z P U Y L
F E S T I V A L I S H V R I
F K Y U P A M Y E A G Z L M
O R A S Q V Q G G A M T A A
B T A Š O F J I A I I T P T
U Z K A B Z R A I F L M U A
O N A L P S C D S Z S Ė O S
L Z Š T L R N I R R T N Č O
I U T A U E A E A Y Q E I T
A E O S E Z O N I N I S Ų T
I S N D A R D I G O J I Y H
K E A B D T Q S D A L Ų I M
R V I S O D A S P O J Q F N
```

GILĖ
OBUOLIAI
KAŠTONAI
KLIMATAS
APRANGA
LAPUOČIŲ
LYGIADIENIS
FESTIVALIS

GAISRAI
ŠALTA
MIGRACIJA
MĖNESIŲ
GAMTA
SODAS
SEZONINIS
ORAS

64 - Nutrition

```
P R H V D N P M S V S A B F
T O K S I N A S K I V P A Į
K K N K E R M J Y T O E L P
C S V O T M Š N S A R T T R
I P D N A F C K Č M I I Y O
S V E I K A T A I I S T M Č
P M F S O V D N A N D A A I
A M F V K K A S I A I S I A
D L S Z Y O L L V S G M D I
A L N C B F V A G E N E A U
Ž B U N Ė S C F T O I O F S
A K A L O R I J Ų C M K E E
S K A R T I L F Y T K A A J
S P R I E S K O N I A I S S
```

APETITAS
KARTI
KALORIJŲ
DIETA
VIRŠKINIMAS
VALGOMAS
SKONIS
ĮPROČIAI
SVEIKATA

SVEIKAS
SKYSČIAI
BALTYMAI
KOKYBĖ
PADAŽAS
PRIESKONIAI
TOKSINAS
VITAMINAS
SVORIS

65 - Hiking

```
U G B Ž E M Ė L A P I S U M
O R I E N T A C I J A A O R
D R K L I M A T A S K U L B
A S A E P Z K G H P M L O S
I K Q S A F S J U A E Ė S V
P A V A R G Ę S Y R N B L A
Y L A S U Y A N O K Y V A D
D N N V O V N M P A S S U O
T A D U Š Ū D D T I B U K V
H S U C I N B D V A B N I A
E C O A M A B A T A I K N I
N J H D A I M K P S V U Ė M
J L E E S A R F B N A S R R
E T G P A V O J A I E C U H
```

GYVŪNAI

BATAI

UOLOS

KLIMATAS

VADOVAI

PAVOJAI

SUNKUS

ŽEMĖLAPIS

UODAI

KALNAS

GAMTA

ORIENTACIJA

PARKAI

PARUOŠIMAS

AKMENYS

SAULĖ

PAVARGĘS

VANDUO

ORAS

LAUKINĖ

66 - Professions #1

```
S  I  U  V  Ė  J  A  S  C  S  B  H  F  B
L  R  E  D  A  K  T  O  R  I  U  S  Z  A
A  K  Š  P  M  P  V  K  C  N  U  Q  S  N
U  A  O  G  J  U  S  G  Q  I  C  M  P  K
G  D  K  P  S  U  Z  I  H  T  V  E  I  I
Y  V  Ė  J  Ū  R  E  I  V  I  S  D  A  N
T  O  J  U  F  R  H  S  K  A  A  Ž  N  I
O  K  A  G  E  O  L  O  G  A  S  I  I  N
J  A  T  R  E  N  E  R  I  S  N  O  S  K
A  T  J  U  V  E  L  Y  R  A  S  T  T  A
K  A  R  T  O  G  R  A  F  A  S  O  A  S
P  S  I  C  H  O  L  O  G  A  S  J  S  S
A  S  T  R  O  N  O  M  A  S  Q  A  U  K
S  A  N  T  E  C  H  N  I  K  A  S  T  J
```

ASTRONOMAS
ADVOKATAS
BANKININKAS
KARTOGRAFAS
TRENERIS
ŠOKĖJA
REDAKTORIUS
GEOLOGAS
MEDŽIOTOJAS

JUVELYRAS
MUZIKANTAS
SLAUGYTOJA
PIANISTAS
SANTECHNIKAS
PSICHOLOGAS
JŪREIVIS
SIUVĖJAS

67 - Dinosaurs

```
E V O L I U C I J A J O M V
M I L Ž I N I Š K A S Z Ė I
Ž O L Ė D I S H P I O J S S
K T S Z C S Q J V N G H Ė A
D A O A Q R Ū Š I S G R D Ė
U I D I N G I M A S R Z I D
J Ž D C D Q R A P T O R S I
B E B E J Q Z M Z H B O C S
Y M R U L E I U K Y I P N I
U Ė I N R I U T H J S L D R
G P A K K T S A P R V I Y B
G A L I N G A S Y C L A D U
S P A R N A I S U P L I I J
E U O D E G A D N A D Z S I
```

MĖSĖDIS
DINGIMAS
ŽEMĖ
MILŽINIŠKAS
EVOLIUCIJA
ŽOLĖDIS
DIDELIS
MAMUTAS
VISAĖDIS

GALINGAS
GROBIS
RAPTOR
ROPLIAI
DYDIS
RŪŠIS
UODEGA
UŽBURTAS
SPARNAI

68 - Barbecues

```
D A S D I K V E F P B T J D
C C A R I A P O H E P Y K A
Q A L A Z R O M G I D F R R
D V O U Y Š M U A L R Z D Ž
A A T G T T I R Y I U A D O
L K O A P A D A Ž A S H V V
J A S I O Z O Š Q I K T V Ė
B R K K N Š R K E B A D A S
V I Š T A Ž A I D I M A I S
A E R M U Z I K A T M J S A
S N G R I L I S Ė A Y A I U
A Ė V A I K A I C S G U U P
R M N O E C E A J B F Z S G
A C O D D M Z K U S Q A S M
```

VIŠTA	KARŠTA
VAIKAI	BADAS
VAKARIENĖ	PEILIAI
ŠEIMA	MUZIKA
MAISTAS	SALOTOS
ŠAKĖS	DRUSKA
DRAUGAI	PADAŽAS
VAISIUS	VASARA
ŽAIDIMAI	POMIDORAI
GRILIS	DARŽOVĖS

69 - Surfing

```
A P P O P U L I A R U S T S
E Č L Q C S D Q R I F A S K
N E A U Y P J K K K I Q D R
I M U T E O D N N R L V Q A
F P K N D R S Q N Q Q A H N
A I T U F T P U T O S N S D
C O I S J I T U P T E D T I
Z N U Q T N L G Į U P E I S
B A N G A I U H D F H N P D
K S F E I N L S O V G Y R N
O R A S E K Y I M J A N U C
Y I N D V A T P U T B A M G
A H R H J S L H S S I S A K
M I N I O S G R E I T I S V
```

SPORTININKAS	RIFAS
ČEMPIONAS	GREITIS
MINIOS	SKRANDIS
PUTOS	STIPRUMAS
ĮDOMUS	STILIUS
VANDENYNAS	PLAUKTI
IRKLAS	BANGA
POPULIARUS	ORAS

70 - Chocolate

```
U T L B H C S Y M F Q K E E
Y R K Z J P E Z Ė P A I R I
K O K O S A S B G I E V O Q
E Š K O K Y B Ė S D K C K Y
I K O I N M I L T E L I A I
K I A R O M A T A S S K S R
K M M V G E O D M K A A K E
K A T Q B T H N A O L R A C
K S C U K R U S S N D A N E
K A R I E Š U T A I U M U P
D A K U M O P L O S S E S T
M Q R A V A L G Y T I L E A
R H R T V V O Y M C K Ė N S
E D R R I A K A L O R I J Ų
```

AROMATAS
KARTI
KAKAVA
KALORIJŲ
KARAMELĖ
KOKOSAS
TROŠKIMAS
SKANUS
MĖGSTAMAS

RIEŠUTAI
MILTELIAI
KOKYBĖ
RECEPTAS
CUKRUS
SALDUS
SKONIS
VALGYTI

71 - Vegetables

```
P A G Š P I N A T A I N R K
O R A R J M M M O R K A O S
M T L L Y O Q B A Q Y Y P Y
I I Y V F B A R I B G H Ė L
D Š V D C N A D H E U A U E
O O U Z C U S S C V R L S V
R K O P O K A T Y S K A V Q
A A G B A K L A Ž A N A S Ė
S S I E H C I A G U R K A S
Z A Ų V R T E S A L O T O S
Ž I R N I S R H D B N G J C
B E M T A T A R I D I K A S
S M O K Q V S F S Y J C R C
Č E S N A K A I B G C R J V
```

ARTIŠOKAS	ALYVUOGIŲ
MORKA	ŽIRNIS
SALIERAS	BULVĖ
AGURKAS	RIDIKAS
BAKLAŽANAS	SALOTOS
ČESNAKAI	ŠPINATAI
IMBIERAS	POMIDORAS
GRYBAS	ROPĖ

72 - Boats

```
J V Y D U Y F Y B D J P L S
Ū Ū P M T N K L E P Q L V T
R P R U G L E B B C B A A I
A P R I E P L A U K A U R E
E L V J N Q T I R O N S I B
Ž Ū A Y B I A D L B G T K A
E D N U P Ė S A A Į A A L S
R U D P Q B F R I C G S I B
A R E J Ū R E I V I S U S H
S A N L Y K L Ų I I S Q L S
S S Y L M S J Y S U R K B A
Y H N I N K A R A S O V A N
A K A N O J A Y M Q V V Ė U
L A S N O E S J A C H T A F
```

INKARAS
PLŪDURAS
KANOJA
ĮGULA
PRIEPLAUKA
VARIKLIS
KELTAS
BAIDARIŲ
EŽERAS
STIEBAS

JŪRINIS
VANDENYNAS
PLAUSTAS
UPĖ
VIRVĖ
BURLAIVIS
JŪREIVIS
JŪRA
BANGA
JACHTA

73 - Activities and Leisure

```
U B Ž B E I S B O L A S Y T
B F Y C O S G I Z A Z G R I
N P G V K N O J M O R Z H N
M L I V K E L I O N Ė I J K
F V A N R R F T O V V K M L
L U I C B N A R D Y M A S I
E A T E N I S A S M S T C N
N P E B O K S A S Q E L N I
K V B L O K R E P Š I N I S
T Z Y I D L Ž V E J Y B A G
Y O U O K T A P Y B A D U S
N A R Š Y M A S B O S I T Z
Ė V Q P L A U K I M A S K D
S S O D I N I N K Y S T Ė H
```

MENAS   TAPYBA
BEISBOLAS   LENKTYNĖS
KREPŠINIS   FUTBOLAS
BOKSAS   NARŠYMAS
NARDYMAS   PLAUKIMAS
ŽVEJYBA   TENISAS
SODININKYSTĖ   KELIONĖ
GOLFAS   TINKLINIS
ŽYGIAI

74 - Driving

```
V P G V P Q T M H H C A G V
L O Ž A E A V R P K R V U O
G L E R R U V V C U Z A A D
K I M I T A V O B K U R A S
M C Ė K L N Ž K J H U I U P
G I L L V U L A D U Y J K S
R J A I G Z Z E S E S A P T
E A P S A U G U M A S Q Ė A
I I I M O T O C I K L A S B
T V S F E U D E S E D J Č D
I A T M Z N N R U L U F I Ž
S Y S H A R G H O I J Q Ų I
J R B B I S M P I A O S J A
L I C E N C I J A S S V Ų I
```

AVARIJA
STABDŽIAI
PAVOJUS
KURAS
GARAŽAS
DUJOS
LICENCIJA
ŽEMĖLAPIS

VARIKLIS
MOTOCIKLAS
PĖSČIŲJŲ
POLICIJA
KELIAS
SAUGUMAS
GREITIS
EISMAS

75 - Professions #2

```
C H E M I K A S B P I L D F
Ū K I N I N K A S I L C K O
M N H K U I Y Z S L L I A T
O D Y F C N P O E O U F D O
K E S E D Ž U E P T S I A G
Y T S O I I J Z G A T L Ž R
T E S C D N B V B S R O Y A
O K A L B I N I N K A S T F
J T K R U E N O K V T O O A
A Y B V U R C I D A O F J S
S V E G O I Y U N P R A A N
D A C R J U I F B K Y S S O
E S K F U S I N S Y A L R A
E A S T R O N A U T A S J D
```

ASTRONAUTAS   KALBININKAS
CHEMIKAS   DAŽYTOJAS
DETEKTYVAS   FILOSOFAS
INŽINIERIUS   FOTOGRAFAS
ŪKININKAS   PILOTAS
SODININKAS   MOKYTOJAS
ILLUSTRATOR

76 - Emotions

```
P  Š  V  E  L  N  U  M  A  S  U  Q  P  P
L  Y  N  U  O  B  O  D  U  L  Y  S  A  N
C  D  K  S  T  A  I  G  M  E  N  A  T  D
D  O  S  T  I  O  B  D  E  J  U  F  E  Ė
M  O  D  S  I  M  P  A  T  I  J  A  N  K
E  U  Ž  I  D  S  J  F  I  G  O  S  K  I
I  L  I  U  L  J  S  K  M  M  D  S  I  N
L  P  A  L  A  I  M  A  K  V  Ė  R  N  G
Ė  R  U  T  L  I  Ū  D  E  S  Y  S  T  A
D  A  G  D  A  V  H  G  E  R  U  M  A  S
F  M  S  F  F  I  Z  A  Z  A  R  V  S  U
Y  Y  M  J  N  Y  K  A  I  M  K  P  O  Z
H  B  A  Y  F  V  C  A  F  U  V  Z  O  U
R  Ė  S  T  U  R  I  N  Y  S  U  K  E  G
```

PYKTIS	MEILĖ
PALAIMA	TAIKA
NUOBODULYS	LIŪDESYS
RAMUS	PATENKINTAS
TURINYS	STAIGMENA
BAIMĖ	SIMPATIJA
DĖKINGAS	ŠVELNUMAS
DŽIAUGSMAS	RAMYBĖ
GERUMAS	

77 - Mythology

```
M K U L T Ū R A G S O B D G
T K Z D L A B I R I N T A S
P A V Y D A S Z I M N R N P
M O N S T R A S A I E D G A
S H L A O O Q R U R L I U D
T K E R Š T A S S T A E S A
I Ū G C M B B K T I I V J R
P R E H G J J A I N M Y O A
R I N E E M F R N A Ė B A S
U M D T I R H Y I S N Ė Y N
M A A I K Q O S S E M O C M
A S B P I B R J Ž A I B A S
S J Z A G F Q J U F I Q I Q
M C U S V E L G E S Y S E F
```

ARCHETIPAS
ELGESYS
KŪRIMAS
PADARAS
KULTŪRA
DIEVYBĖ
NELAIMĖ
DANGUS
HEROJUS
PAVYDAS

LABIRINTAS
LEGENDA
ŽAIBAS
MONSTRAS
MIRTINAS
KERŠTAS
STIPRUMAS
GRIAUSTINIS
KARYS

78 - Hair Types

```
P I L K A C U T O M C Y P T
M P Y N Ė N D J M E P I I R
M L A Z A T D E A E L N N U
B I S V E I K A S L G B T M
A K N F J E G B L I Z G A P
L A L K S N R S A U S A S A
T S E J Š J U O D A C R K S
A N N K K T D A T Z T B P K
S Z V T S P A L V O T A S H
S T O R A S C S P L O N A S
K G N I U G A R B A N O S S
I L G A S S P N I B F T S P
B A N G U O T A S L E A U P
Š V I E S Ū S E G C H S E F
```

PLIKAS	PILKA
JUODA	SVEIKAS
ŠVIESŪS	ILGAS
PINTAS	BLIZGA
PYNĖ	TRUMPAS
RUDA	MINKŠTAS
SPALVOTAS	STORAS
GARBANOS	PLONAS
GARBANOTAS	BANGUOTAS
SAUSAS	BALTAS

79 - Furniture

```
L V K U N K U I O T C G N H
E E Ė Ž T I F O T E L I S
N I D T M U B L K P S N F H
T D Ė S Q Z O J I J H B U K
Y R M R U R Q L E M P A T L
N O Y T J Y Y P A Č A E O O
O D I N I N K A S I F S N V
S I G N A G F G U U D O A A
F S T A L A S A O Ž M O S R
H A M A K A S L L I J U S M
M K H B P L F V A N L B R O
Z P A G A L V Ė S Y P L L I
L O T C K E U Y A S Z L N R
Z I N L E E D Z C D J R B E
```

FOTELIS   FUTONAS
ARMOIRE   HAMAKAS
LOVA   LEMPA
SUOLAS   ČIUŽINYS
KĖDĖ   VEIDRODIS
UŽUOLAIDOS   PAGALVĖ
PAGALVĖS   KILIMAS
STALAS   LENTYNOS
ODININKAS

80 - Garden

```
E  T  K  K  R  Q  E  I  R  C  P  F  K  M
T  V  O  R  A  F  Q  G  Y  J  I  A  T  Q
V  E  Q  N  P  S  M  E  D  I  S  V  H  H
E  N  G  Ė  L  Ė  T  E  R  A  S  A  V  A
R  K  R  Ū  M  A  S  U  O  L  Ų  F  E  M
A  I  Ė  K  S  H  E  T  V  S  A  F  J  A
N  N  B  A  T  U  T  A  S  A  Z  M  A  K
D  Y  L  S  K  S  S  G  S  A  S  T  B  A
A  S  Y  K  U  V  M  M  A  F  Y  S  Z  S
B  M  S  K  E  O  M  D  Q  R  L  A  S  G
S  O  D  A  S  H  L  P  P  A  A  N  I  H
Ž  O  L  Ė  H  O  Ž  A  R  N  A  Ž  P  C
V  Y  N  M  E  D  I  S  S  V  U  G  A  I
P  I  K  T  Ž  O  L  I  Ų  N  V  R  O  S
```

SUOLAS	TVENKINYS
KRŪMAS	VERANDA
TVORA	GRĖBLYS
GĖLĖ	UOLŲ
GARAŽAS	KASTUVAS
SODAS	TERASA
ŽOLĖ	BATUTAS
HAMAKAS	MEDIS
ŽARNA	VYNMEDIS
VEJA	PIKTŽOLIŲ

81 - Birthday

```
Ž Š L A I M I N G A S N Y A
R V D U I S J P S K T Z P N
H E A I Š M I N T I S J A J
E N I K O R T E L Ė S G T K
H T N A Ė P U I K U P K I A
A Ė A R G S Į D O M U S N L
C R K H I K S O R Y U Z G E
M A C L M Q D O V A N A A N
V E A Q Ę A Z P J D U N S D
U E T N S L A I K A S G M O
E L G A V M V Q P G I D A R
N V P C I V D I E N A H N I
B K V I E T I M A S T E G U
N S T O R T A S B Y Y C O S
```

GIMĘS	DOVANA
TORTAS	PUIKU
KALENDORIUS	LAIMINGAS
ŽVAKĖS	KVIETIMAS
KORTELĖS	DAINA
ŠVENTĖ	YPATINGAS
DIENA	LAIKAS
DRAUGAI	IŠMINTIS
ĮDOMUS	METAI

82 - Beach

```
K F O O V Q R J L C U Q B R
M G R R M Z T Ū P J M V U I
Ė V G G K H K R A B A S R F
L E H H F J L A K V A A L A
Y S A U L Ė O B R Y U N A S
N C A P N R Z S A O H D I Y
A P K L Y V E M N J M A V M
S J U A A O M Ė T L A L I M
K Q E U J O R L Ė B Q A S R
Ė E H K I V O I F E A I G Z
T T T T Z N H S V A L T I S
I P R I E P L A U K A F O E
S G J J V I M A R I Ų A M M
N O V A N D E N Y N A S S Q
```

MĖLYNA   RIFAS
VALTIS   BURLAIVIS
PAKRANTĖ   SMĖLIS
KRABAS   SANDALAI
PRIEPLAUKA   JŪRA
SALA   SAULĖ
MARIŲ   PLAUKTI
VANDENYNAS   SKĖTIS

83 - Adjectives #1

```
S  L  Ė  T  A  I  D  E  O  J  T  A  A  S
U  A  N  T  M  P  C  G  E  R  A  B  R  V
N  I  U  A  E  G  L  Z  P  I  M  S  O  A
K  M  O  P  N  T  S  O  D  M  S  O  M  R
U  I  Š  A  I  U  D  T  N  T  U  L  A  B
S  N  I  T  N  R  A  I  V  A  S  I  T  U
V  G  R  U  I  T  E  Š  Z  S  S  U  I  Q
F  A  D  S  S  I  G  K  S  T  C  T  N  R
D  S  U  V  M  N  V  A  E  I  D  U  I  A
U  B  S  Y  Q  G  G  S  E  Y  L  S  Ų  U
S  C  M  G  P  A  T  R  A  U  K  L  U  S
A  M  B  I  C  I  N  G  A  S  V  Q  M  U
M  O  D  E  R  N  U  S  B  Ž  L  G  K  H
N  A  U  D  I  N  G  A  B  O  I  N  R  L
```

ABSOLIUTUS	SUNKUS
AMBICINGAS	NAUDINGA
AROMATINIŲ	NUOŠIRDUS
MENINIS	TAPATUS
PATRAUKLUS	SVARBU
GRAŽI	MODERNUS
TAMSUS	RIMTAS
EGZOTIŠKAS	LĖTAI
TURTINGA	PLONAS
LAIMINGAS	

84 - Rainforest

```
Ž  D  Ž  I  U  N  G  L  Ė  S  V  H  F  J
I  S  H  N  V  A  B  Z  D  Ž  I  A  I  L
N  D  E  B  E  S  Y  S  B  C  E  P  B  L
D  S  A  M  A  N  O  S  K  B  T  A  O  I
U  R  Ū  Š  I  S  S  U  L  E  I  G  T  Š
O  L  A  O  G  P  Į  N  I  N  N  A  A  L
L  A  T  H  V  A  I  V  M  D  I  R  N  I
I  H  Y  U  I  U  M  R  A  R  Ų  B  I  K
A  F  Q  N  D  K  T  T  I  C  A  K  I
I  U  B  U  K  Š  N  Q  A  J  R  I  O  M
J  D  J  H  I  Č  Z  R  S  A  P  O  S  A
Y  V  A  R  L  I  A  G  Y  V  I  Ų  V  S
R  I  K  R  O  Ų  O  D  V  M  P  K  M  Ė
I  Š  S  A  U  G  O  J  I  M  A  S  P  A
```

VARLIAGYVIŲ	DŽIUNGLĖS
PAUKŠČIŲ	ŽINDUOLIAI
BOTANIKOS	SAMANOS
KLIMATAS	GAMTA
DEBESYS	IŠSAUGOJIMAS
BENDRIJA	PAGARBA
ĮVAIROVĖ	RŪŠIS
VIETINIŲ	IŠLIKIMAS
VABZDŽIAI	

85 - Technology

```
V K T M B T S A U G U M A S
P I R F Y Y L J E S M H Z Y
R R R F Q R L R T K A R Q V
A V S T S I Ņ A O A O O R K
N D I V U M T K H I L L M M
E U V S T A T I S T I K A M
Š O L F Q I L F B M Š B M S
I M K O M P I U T E R I S B
M E C Q V N O I S N I B T L
A N A R Š Y K L Ė I F A L O
S Y E K R A N A S N T I L G
L S V I R U S A S I A T V A
P Ž Y M E K L I S S S Ų L S
F O T O A P A R A T A S N T
```

BLOGAS
NARŠYKLĖ
BAITŲ
FOTOAPARATAS
KOMPIUTERIS
ŽYMEKLIS
DUOMENYS
SKAITMENINIS
BYLA

ŠRIFTAS
PRANEŠIMAS
TYRIMAI
EKRANAS
SAUGUMAS
STATISTIKA
VIRTUALUS
VIRUSAS

86 - Landscapes

```
N S T P H V J I C Z O H L K
J N A Z E J U O L O S U E K
P Ū K L V I R L T F U L D H
A K R V A J V J K H T E Y S
P R O A Ž E A E O A U D N K
L I Q N I Y S Ž N F N K A U
Ū O D D V S I E U H D A S P
D K G E I Z E R I S R L S Ė
I L J N J F T A Z L A N U J
M Y Q Y R R R S U Ė P I K P
Y S B N C Y K A L N A S V A
S N R A P E L K Ė I A C V S
K L C S P U S I A S A L I S
G D Y K U M A H E T L Z T F
```

PAPLŪDIMYS	OAZĖ
URVAS	VANDENYNAS
UOLOS	PUSIASALIS
DYKUMA	UPĖ
GEIZERIS	JŪRA
LEDYNAS	PELKĖ
LEDKALNIS	TUNDRA
SALA	SLĖNIS
EŽERAS	VULKANAS
KALNAS	KRIOKLYS

87 - Visual Arts

```
K P O R T R E T A S G R F T
Z R T T S P T A P Y B A O R
C O E A S Y A Š E K P Š T A
J Z V I S D R E R Ū I I O F
F J G G D D C D S R E K G A
S I U M S A H E P Y Š L R R
N K L Z T P I V E B T I A E
Z D U M J R T R K I U S F T
D S A L A O E A T Š K M I A
T T R M P S K S Y K A A J S
Q Y V B A T T U V U S L A H
A N G L I S Ū G A M O L I S
V A Š K A S R R C A F T V A
A M G J C Q A K A S U U F P
```

ARCHITEKTŪRA
KREIDA
ANGLIS
MOLIS
KŪRYBIŠKUMAS
FILMAS
ŠEDEVRAS
TAPYBA

RAŠIKLIS
PIEŠTUKAS
PERSPEKTYVA
FOTOGRAFIJA
PORTRETAS
SKULPTŪRA
TRAFARETAS
VAŠKAS

88 - Plants

```
Ž I E D L A P I S T L T T B
P P A M O T L Z T R A M E O
Y U P Y N Z Q A I Ą P E E T
J Z P Y I U Y Y E Š I D Z A
N G B E F D S E B O J I E N
D P R K L S O D A S A S O I
O B E V O I J A S O Y P Q K
G A A M R M Ų R U Ž O L Ė A
K R Ū M A S M I Š K A S B Z
A D R F B G S A M A N O S G
N N L Z O U O G A Z K P F T
G Ė L Ė P H K U R Z F N F O
G E B E N Ė Q A B P C M I E
I F T K A K T U S A S J P S
```

BAMBUKAS   MIŠKAS
PUPELIŲ   SODAS
UOGA   ŽOLĖ
BOTANIKA   GEBENĖ
KRŪMAS   SAMANOS
KAKTUSAS   ŽIEDLAPIS
TRĄŠOS   ŠAKNIS
FLORA   STIEBAS
GĖLĖ   MEDIS
LAPIJA

89 - Countries #2

```
F A H D Q C A Q P Z I G P B
Q S A A G E G R A I K I J A
A H O D I I M E K S I K A T
J B C M G T N Q I U K S L Y
M V Q O A O I A S G U U B M
I N E P A L A S T A L D A S
L J T R U S I J A N I A N Q
S A I D B Y U S N D B N I J
I P O K F F M Y A A E A J A
R O P S D R E O S Y R S A M
I N I B A N I G E R I J A A
J I J T G S N S S A J P O I
A J A D A N I J A N A N F K
A A L I B A N A S N V Q D A
```

ALBANIJA	MEKSIKA
DANIJA	NEPALAS
ETIOPIJA	NIGERIJA
GRAIKIJA	PAKISTANAS
HAITIS	RUSIJA
JAMAIKA	SOMALIS
JAPONIJA	SUDANAS
LAOSAS	SIRIJA
LIBANAS	UGANDA
LIBERIJA	

90 - Ecology

```
B O S M E M N N J S F A P A
E A U G A L A I K A L N A I
N T V A R U S N K U O S S Š
D R Ū Š I S Q A Y S R Z A L
R Į V A I R O V Ė R A E U I
U F N T B U D P K A N R L K
O K L I M A T A S Y A B I I
M Y O N G A M T A K T U N M
E I Š T E K L I A I Ū V I A
N A U G M E N I J A R E S S
Ė P E L K Ė F C Q J A I S B
S A V A N O R I A I L N R V
C P J Q F V J Ū R Ų U Ė L Q
F A U N A Y Q A F I S M M P
```

KLIMATAS
BENDRUOMENĖS
ĮVAIROVĖ
SAUSRA
FAUNA
FLORA
PASAULINIS
BUVEINĖ
JŪRŲ
PELKĖ

KALNAI
NATŪRALUS
GAMTA
AUGALAI
IŠTEKLIAI
RŪŠIS
IŠLIKIMAS
TVARUS
AUGMENIJA
SAVANORIAI

91 - Adjectives #2

```
A L K A N A S T I P R U S Q
N N A T Ū R A L U S Ū R U S
A Į R P G G K J J V S L Y P
U D Š L R Q M S I E A A G R
J O T Q I A M A P I U U A O
A M A R L O Š D P K S K R D
S U H B F K I O T A A I S U
B S C M F N G R M S S N U K
C M I E G U I S T A S Ė S T
A K Ū R Y B I N I S S N O Y
A U T E N T I Š K A S I E V
D I D Ž I U O T I S O V S U
T A L E N T I N G A S M D S
E L E G A N T I Š K A S Q Q
```

AUTENTIŠKAS	ĮDOMUS
KŪRYBINIS	NATŪRALUS
APRAŠOMASIS	NAUJAS
SAUSAS	PRODUKTYVUS
ELEGANTIŠKAS	DIDŽIUOTIS
GARSUS	SŪRUS
TALENTINGAS	MIEGUISTAS
SVEIKAS	STIPRUS
KARŠTA	LAUKINĖ
ALKANAS	

92 - Math

```
S I M E T R I J A S J B L P
R J C Q A D L Y G T I S S A
S K E R S M E N S A I K K R
S P I N D U L Y S Č D V Y A
T R I K A M P I S I R A R L
R J V A U O E F P A R D I E
S S B M H R R R O K O R U L
J K A P H O I A L A D A S O
O B A A I B M K I M I T G G
F D J I G C E C G P K A R R
L M Z L Č H T I O I L S Z A
T O M A S I R J N S I F H M
Z O S V D Y A A A E S R Y A
H K V T T I S I S K O H N C
```

KAMPAI   PERIMETRAS
SKERSMENS   POLIGONAS
SKYRIUS   SPINDULYS
LYGTIS   STAČIAKAMPIS
RODIKLIS   KVADRATAS
FRAKCIJA   SIMETRIJA
SKAIČIAI   TRIKAMPIS
PARALELOGRAMA   TOMAS

93 - Water

```
G V G D E A D L K Š D T G R
D A E U P Q A O G A R A I K
R N R Š O Z T T U L Ė M D A
Ė D I A T G Y E J T G V R N
G E A S V E D Ž Q A M H Ė A
N N M N Y I S E A S Ė M K L
A Y A Z N Z M R S Z U U I A
S N S N I E G A S S R S N S
J A L J S R U S S K A O I Q
E S I E B I A A U C G N M B
B H E G D S V U P Ė A A A Q
O M T G E A H Y A B N S S K
D T U C H J S Y G G A G P V
L T S B A N G O S G S H L T
```

KANALAS	EŽERAS
DRĖGNAS	DRĖGMĖ
GERIAMAS	MUSONAS
GARAVIMAS	VANDENYNAS
POTVYNIS	LIETUS
ŠALTA	UPĖ
GEIZERIS	DUŠAS
URAGANAS	SNIEGAS
LEDAS	GARAI
DRĖKINIMAS	BANGOS

94 - Activities

```
M  I  Š  K  M  A  L  O  N  U  M  A  S  G
E  N  O  E  V  E  I  K  L  A  H  I  O  M
D  T  K  R  L  J  Z  U  J  L  S  Ž  D  A
Ž  E  T  A  P  Y  B  A  D  A  K  A  I  G
I  R  I  M  I  T  Ž  Y  G  I  A  I  N  I
O  E  J  I  C  M  M  T  Ž  S  I  D  I  J
K  S  B  K  F  H  A  R  V  V  T  I  N  A
L  U  C  A  Z  A  I  F  E  A  Y  M  K  Į
Ė  S  R  I  F  V  H  Q  J  L  M  A  Y  G
G  C  A  M  A  T  A  I  Y  A  A  I  S  Ū
S  I  U  V  I  M  A  S  B  I  S  E  T  D
M  E  Z  G  I  M  A  S  A  K  Q  M  Ė  I
E  F  O  T  O  G  R  A  F  I  J  A  T  S
M  E  N  A  S  T  Q  Y  E  S  L  M  S  G
```

VEIKLA	INTERESUS
MENAS	MEZGIMAS
KERAMIKA	LAISVALAIKIS
AMATAI	MAGIJA
ŠOKTI	TAPYBA
ŽVEJYBA	FOTOGRAFIJA
ŽAIDIMAI	MALONUMAS
SODININKYSTĖ	SKAITYMAS
ŽYGIAI	SIUVIMAS
MEDŽIOKLĖ	ĮGŪDIS

95 - Literature

```
B  T  A  A  T  N  P  B  A  D  N  T  A  R
L  P  N  P  O  E  T  I  N  I  S  I  N  Q
H  A  E  I  T  D  M  E  A  A  Q  A  A  Q
V  L  K  B  R  I  K  A  L  L  F  J  L  M
R  Y  D  Ū  A  K  I  U  I  O  I  C  O  A
Y  G  O  D  G  T  Š  T  Z  G  C  M  G  N
C  I  T  I  E  O  V  O  Ė  A  T  R  I  M
R  N  A  N  D  R  A  R  M  S  I  O  J  E
Q  I  S  I  I  I  D  I  I  E  O  M  A  T
K  M  M  M  J  U  A  U  B  T  N  A  O  A
T  A  J  A  A  S  A  S  O  I  M  N  R  F
M  S  F  S  S  T  I  L  I  U  S  A  C  O
C  E  E  I  L  Ė  R  A  Š  T  I  S  S  R
N  B  I  O  G  R  A  F  I  J  A  Y  I  A
```

ANALOGIJA	METAFORA
ANALIZĖ	DIKTORIUS
ANEKDOTAS	ROMANAS
AUTORIUS	EILĖRAŠTIS
BIOGRAFIJA	POETINIS
PALYGINIMAS	RIMAS
IŠVADA	RITMAS
APIBŪDINIMAS	STILIUS
DIALOGAS	TEMA
FICTION	TRAGEDIJA

96 - Geography

```
Y Q Š Ž G V U P Ė N M D B M
J V A E Y A U K Š T I S J E
N K L M V N K B P I E T Ų R
Z S I Y T D P C Y F S Y R I
R Q S N A E A L D K T P E D
F V R A E N R T A P A C G I
P V R S T Y Z I L T S P I A
J Ū R A Y N O J T A U S O N
V H F G Q A Y E T O S M N A
A V Q T H S U C Q M R A A S
K A L N A S V R Z G V I S A
A P U S R U T U L I S Q J L
R Š I A U R Ė M F A L I K A
Ų Ž E M Ė L A P I S R M I V
```

AUKŠTIS	KALNAS
ATLASAS	ŠIAURĖ
MIESTAS	VANDENYNAS
ŽEMYNAS	REGIONAS
ŠALIS	UPĖ
PUSRUTULIS	JŪRA
SALA	PIETŲ
PLATUMA	TERITORIJA
ŽEMĖLAPIS	VAKARŲ
MERIDIANAS	

97 - Vacation #1

```
P M A R Š R U T A S P N S K
T L Ė K T U V A S O B I B Y
Q T A O E C M B S R I I T A
K E U U V A T R F S L Y R Q
Y Ž S R K I Š V Y K I M A S
Z E G S I T V H Y J E D M M
V R E N N S I M U I T Ų V U
S A H Q Y A T B N K A M A Z
Y S L E I T I A N U S Q J I
F C Z I D O P T S P V C U E
K K K L U N P C D R L Z S J
P V D J Z T T T V I D G Z U
S K Ė T I S A J Q N N P P S
L A G A M I N A S Ė O S S E
```

LĖKTUVAS
KUPRINĖ
VALIUTA
MUITŲ
IŠVYKIMAS
MARŠRUTAS
EŽERAS
MUZIEJUS

LAGAMINAS
BILIETAS
EITI
PLAUKTI
TURISTAS
TRAMVAJUS
SKĖTIS

98 - Pets

```
Ž  G  S  Š  U  N  I  U  K  A  S  U  M  P
Š  U  O  E  J  H  R  M  M  P  I  O  B  A
F  F  V  V  F  K  N  A  L  Y  D  D  F  P
C  Ž  F  I  P  E  R  I  E  K  I  E  R  Ū
K  E  I  Z  S  M  M  S  T  A  T  G  R  G
T  R  I  U  Š  I  S  T  E  K  O  A  P  A
P  R  O  E  R  U  I  A  N  L  V  J  A  A
K  A  Č  I  U  K  A  S  O  Ė  J  Y  V  M
A  Z  P  I  E  A  Ė  K  S  O  Ž  K  A  B
T  V  E  T  E  R  I  N  A  R  A  S  D  R
Ė  B  L  O  K  V  N  D  A  F  Y  D  Ė  Y
P  G  Ė  Q  N  Ė  A  Y  M  S  A  Y  L  P
D  D  R  I  E  Ž  A  S  F  U  H  T  I  B
V  Ė  Ž  L  Y  S  V  A  N  D  U  O  S  B
```

KATĖ	DRIEŽAS
APYKAKLĖ	PELĖ
KARVĖ	PAPŪGA
ŠUO	LETENOS
ŽUVIS	ŠUNIUKAS
MAISTAS	TRIUŠIS
OŽKA	UODEGA
ŽIURKĖNAS	VĖŽLYS
KAČIUKAS	VETERINARAS
PAVADĖLIS	VANDUO

99 - Nature

```
M  M  I  J  S  I  A  G  U  P  Ė  V  V  O
B  I  Ė  S  U  T  Y  O  D  T  E  D  Q
D  G  Š  K  F  C  O  V  L  L  B  R  E  S
K  I  N  K  G  Y  G  Ū  O  A  Q  O  B  P
P  P  N  M  A  K  R  N  S  U  N  Z  E  T
T  P  C  A  U  S  Ą  A  R  K  T  I  S  R
Z  L  H  G  M  H  Ž  I  A  I  C  J  Y  Ū
L  N  S  R  K  I  Ų  D  M  N  D  A  S  K
E  A  A  O  Y  E  Š  Y  I  Ė  R  P  H  A
D  M  P  Ž  T  J  J  K  A  L  N  A  I  S
Y  D  F  I  E  K  G  U  A  M  T  B  F  U
N  R  T  S  J  J  V  M  C  S  O  N  V  G
A  T  M  O  B  A  P  A  T  A  I  K  U  S
S  G  Y  V  Y  B  I  Š  K  A  I  U  R  U
```

GYVŪNAI	LAPIJA
ARKTIS	MIŠKAS
GROŽIS	LEDYNAS
BITĖS	KALNAI
UOLOS	TAIKUS
DEBESYS	UPĖ
DYKUMA	RAMI
DINAMIŠKAS	ATOGRĄŽŲ
EROZIJA	GYVYBIŠKAI
RŪKAS	LAUKINĖ

100 - Vacation #2

```
V I E Š B U T I S D U F Ž I
G A B E N I M A S L D U E U
O R O U O S T A S A L A M Ž
T R A U K I N Y S I E P Ė S
R A L P I O S J T S U A L I
I N K A L N A I B V Ž P A E
V R E S T O R A N A S L P N
K Y I A I G Z T E L I Ū I I
Q E J S H I Q O H A E D S E
J K L J P T U S C I N I C T
V Ū K I H H D T L K I M H I
A E R E O D P O A I O Y M S
H Z R A T N N G P S N S F D
G D I B E B Ė Ų J Q Z Y L N
```

ORO UOSTAS	ŽEMĖLAPIS
PAPLŪDIMYS	KALNAI
UŽSIENIO	PASAS
UŽSIENIETIS	RESTORANAS
ATOSTOGŲ	JŪRA
VIEŠBUTIS	TAKSI
SALA	TRAUKINYS
KELIONĖ	GABENIMAS
LAISVALAIKIS	

1 - Food #1

2 - Castles

3 - Exploration

4 - Measurements

5 - Farm #2

6 - Books

7 - Meditation

8 - Days and Months

9 - Chess

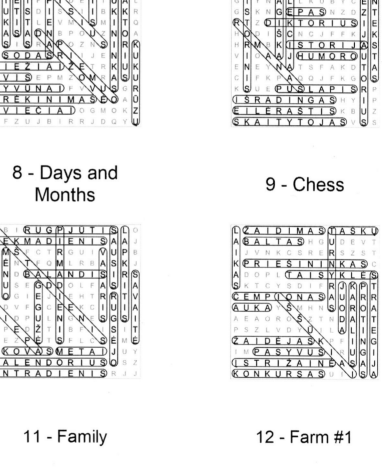

10 - Food #2

11 - Family

12 - Farm #1

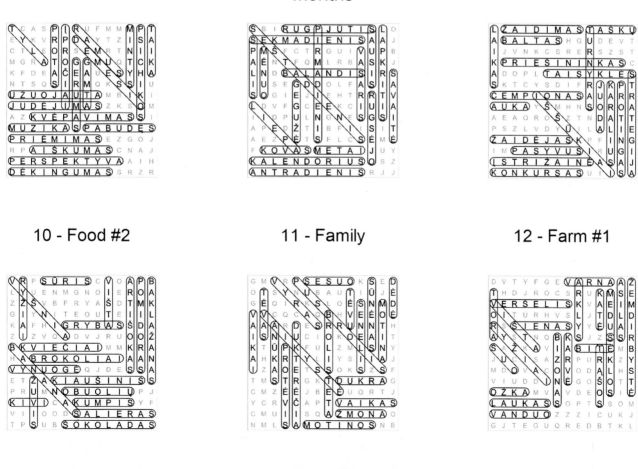

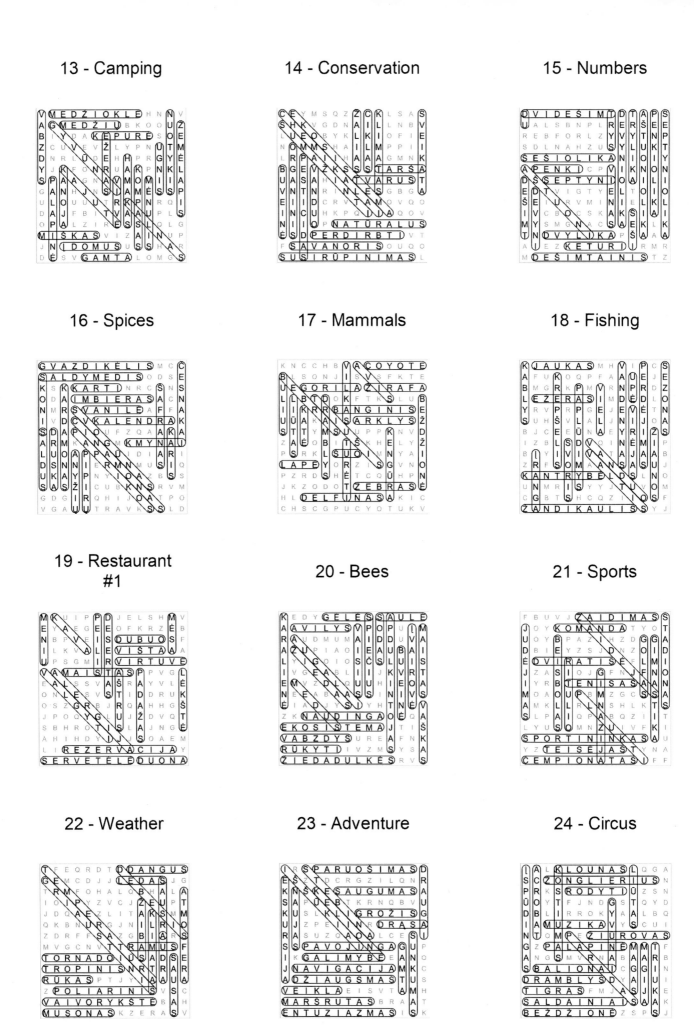

13 - Camping

14 - Conservation

15 - Numbers

16 - Spices

17 - Mammals

18 - Fishing

19 - Restaurant #1

20 - Bees

21 - Sports

22 - Weather

23 - Adventure

24 - Circus

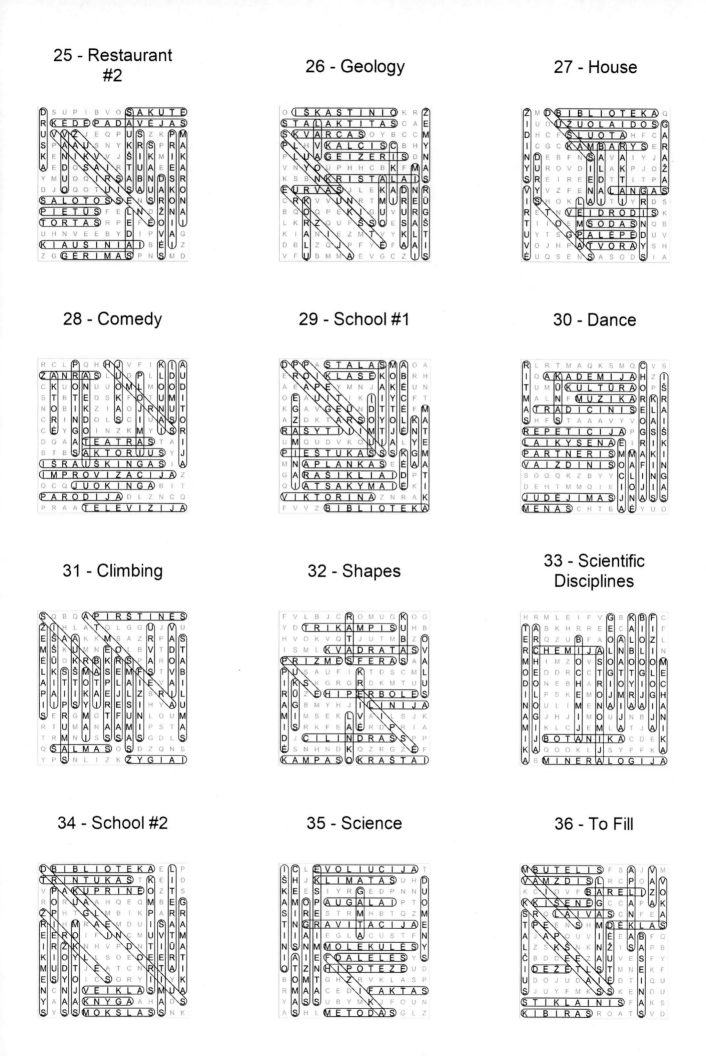

25 - Restaurant #2

26 - Geology

27 - House

28 - Comedy

29 - School #1

30 - Dance

31 - Climbing

32 - Shapes

33 - Scientific Disciplines

34 - School #2

35 - Science

36 - To Fill

37 - Summer

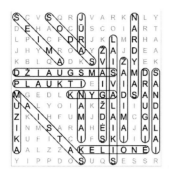

38 - Clothes

39 - Insects

40 - Astronomy

41 - Pirates

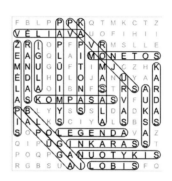

42 - Time

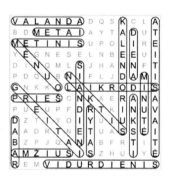

43 - Buildings

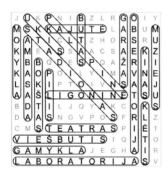

44 - Herbalism

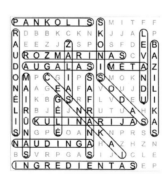

45 - Toys

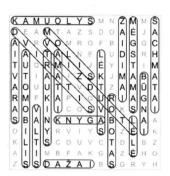

46 - Vehicles

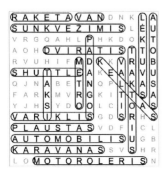

47 - Flowers

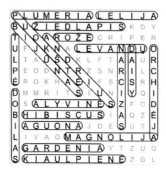

48 - Town

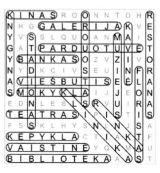

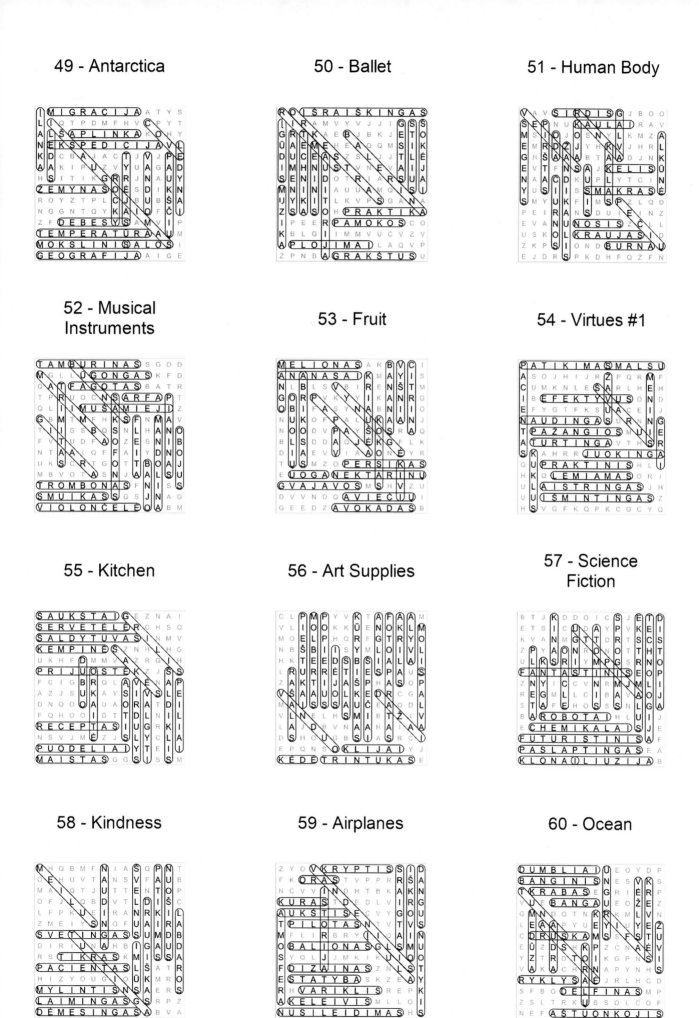

49 - Antarctica

50 - Ballet

51 - Human Body

52 - Musical Instruments

53 - Fruit

54 - Virtues #1

55 - Kitchen

56 - Art Supplies

57 - Science Fiction

58 - Kindness

59 - Airplanes

60 - Ocean

61 - Birds

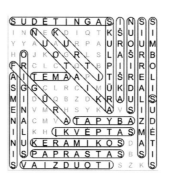

62 - Art

63 - Autumn

64 - Nutrition

65 - Hiking

66 - Professions #1

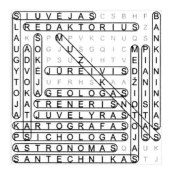

67 - Dinosaurs

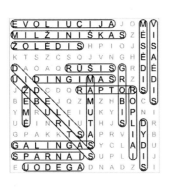

68 - Barbecues

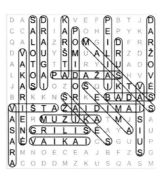

69 - Surfing

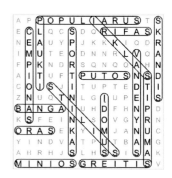

70 - Chocolate

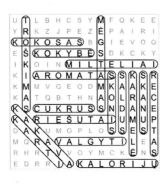

71 - Vegetables

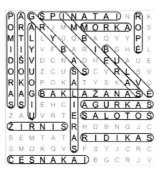

72 - Boats

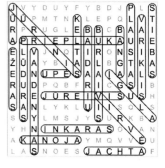

73 - Activities and Leisure

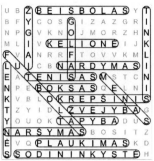

74 - Driving

75 - Professions #2

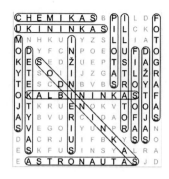

76 - Emotions

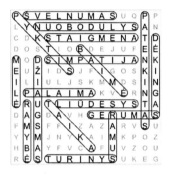

77 - Mythology

78 - Hair Types

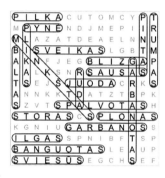

79 - Furniture

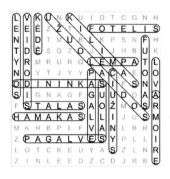

80 - Garden

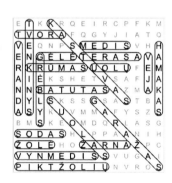

81 - Birthday

82 - Beach

83 - Adjectives #1

84 - Rainforest

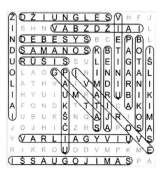

85 - Technology

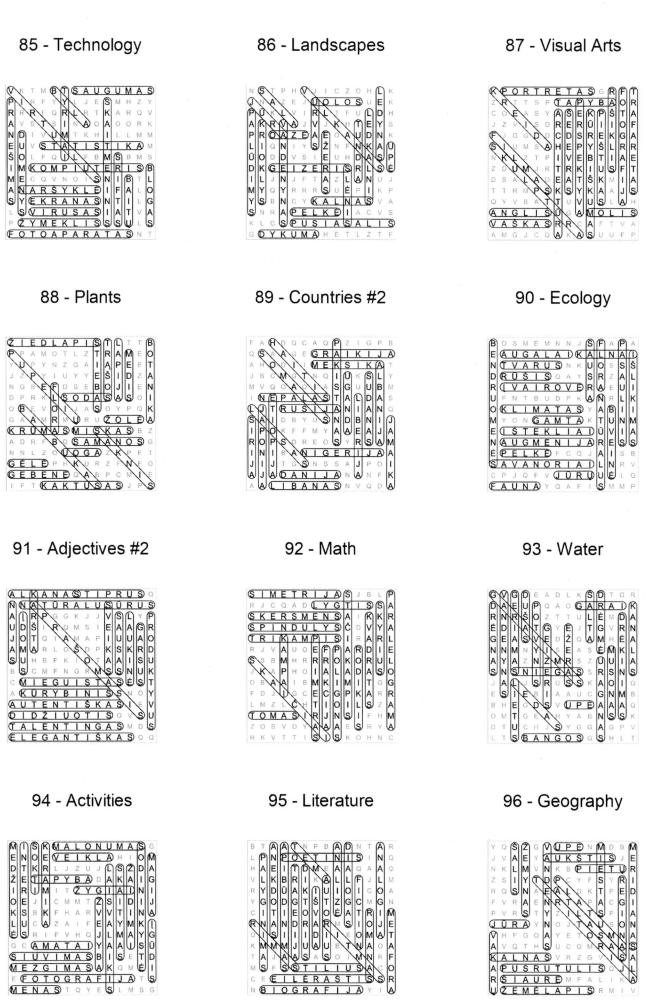

86 - Landscapes

87 - Visual Arts

88 - Plants

89 - Countries #2

90 - Ecology

91 - Adjectives #2

92 - Math

93 - Water

94 - Activities

95 - Literature

96 - Geography

97 - Vacation #1

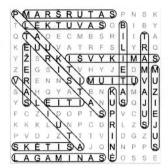

98 - Pets

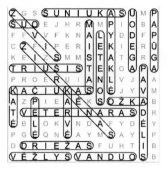

99 - Nature

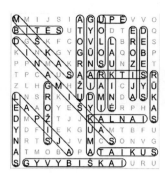

100 - Vacation #2

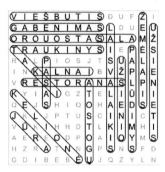

Dictionary

Activities
Veikla

Activity	Veikla
Art	Menas
Ceramics	Keramika
Crafts	Amatai
Dancing	Šokti
Fishing	Žvejyba
Games	Žaidimai
Gardening	Sodininkystė
Hiking	Žygiai
Hunting	Medžioklė
Interests	Interesus
Knitting	Mezgimas
Leisure	Laisvalaikis
Magic	Magija
Painting	Tapyba
Photography	Fotografija
Pleasure	Malonumas
Reading	Skaitymas
Sewing	Siuvimas
Skill	Įgūdis

Activities and Leisure
Veikla ir Laisvalaikis

Art	Menas
Baseball	Beisbolas
Basketball	Krepšinis
Boxing	Boksas
Diving	Nardymas
Fishing	Žvejyba
Gardening	Sodininkystė
Golf	Golfas
Hiking	Žygiai
Painting	Tapyba
Racing	Lenktynės
Soccer	Futbolas
Surfing	Naršymas
Swimming	Plaukimas
Tennis	Tenisas
Travel	Kelionė
Volleyball	Tinklinis

Adjectives #1
Būdvardžiai #1

Absolute	Absoliutus
Ambitious	Ambicingas
Aromatic	Aromatinių
Artistic	Meninis
Attractive	Patrauklus
Beautiful	Graži
Dark	Tamsus
Exotic	Egzotiškas
Generous	Turtinga
Happy	Laimingas
Heavy	Sunkus
Helpful	Naudinga
Honest	Nuoširdus
Identical	Tapatus
Important	Svarbu
Modern	Modernus
Serious	Rimtas
Slow	Lėtai
Thin	Plonas
Valuable	Vertingas

Adjectives #2
Būdvardžiai #2

Authentic	Autentiškas
Creative	Kūrybinis
Descriptive	Aprašomasis
Dry	Sausas
Elegant	Elegantiškas
Famous	Garsus
Gifted	Talentingas
Healthy	Sveikas
Hot	Karšta
Hungry	Alkanas
Interesting	Įdomus
Natural	Natūralus
New	Naujas
Productive	Produktyvus
Proud	Didžiuotis
Responsible	Atsakingas
Salty	Sūrus
Sleepy	Mieguistas
Strong	Stiprus
Wild	Laukinė

Adventure
Nuotykis

Activity	Veikla
Beauty	Grožis
Bravery	Drąsa
Challenges	Iššūkiai
Chance	Galimybė
Dangerous	Pavojinga
Difficulty	Sunkumas
Enthusiasm	Entuziazmas
Excursion	Ekskursija
Friends	Draugai
Itinerary	Maršrutas
Joy	Džiaugsmas
Nature	Gamta
Navigation	Navigacija
New	Naujas
Preparation	Paruošimas
Safety	Saugumas
Surprising	Stebina
Travels	Kelionė
Unusual	Neįprastas

Airplanes
Lėktuvai

Adventure	Nuotykis
Air	Oras
Atmosphere	Atmosfera
Balloon	Balionas
Construction	Statyba
Crew	Įgula
Descent	Nusileidimas
Design	Dizainas
Direction	Kryptis
Engine	Variklis
Fuel	Kuras
Height	Aukštis
History	Istorija
Hydrogen	Vandenilis
Landing	Iškrovimo
Passenger	Keleivis
Pilot	Pilotas
Propellers	Sraigtas
Sky	Dangus
Turbulence	Neramumų

Antarctica
Antarktida

Bay	Įlanka
Birds	Paukščių
Clouds	Debesys
Conservation	Išsaugojimas
Continent	Žemynas
Cove	Cove
Environment	Aplinka
Expedition	Ekspedicija
Geography	Geografija
Glaciers	Ledynai
Ice	Ledas
Islands	Salos
Migration	Migracija
Peninsula	Pusiasalis
Researcher	Tyrėjas
Rocky	Rocky
Scientific	Mokslinis
Temperature	Temperatūra
Topography	Topografija
Water	Vanduo

Art
Menas

Ceramic	Keramikos
Complex	Sudėtingas
Composition	Sudėtis
Create	Kurti
Expression	Išraiška
Figure	Figūra
Honest	Nuoširdus
Inspired	Įkvėptas
Mood	Nuotaika
Original	Originalus
Paintings	Tapyba
Personal	Asmeninis
Poetry	Poezija
Portray	Vaizduoti
Sculpture	Skulptūra
Simple	Paprastas
Subject	Tema
Surrealism	Siurrealizmas
Symbol	Simbolis
Visual	Vaizdinis

Art Supplies
Meno Reikmenys

Acrylic	Akrilas
Brushes	Šepečiai
Camera	Fotoaparatas
Chair	Kėdė
Charcoal	Anglis
Clay	Molis
Colors	Spalva
Creativity	Kūrybiškumas
Easel	Molbertas
Eraser	Trintukas
Glue	Klijai
Ideas	Idėjos
Ink	Rašalas
Oil	Alyva
Paints	Dažai
Paper	Popierius
Pencils	Pieštukai
Table	Stalas
Water	Vanduo
Watercolors	Akvarelės

Astronomy
Astronomija

Asteroid	Asteroidas
Astronaut	Astronautas
Astronomer	Astronomas
Constellation	Žvaigždynas
Cosmos	Kosmosas
Earth	Žemė
Eclipse	Užtemimas
Equinox	Lygiadienis
Galaxy	Galaktika
Meteor	Meteoras
Moon	Mėnulis
Nebula	Ūkas
Observatory	Observatorija
Planet	Planeta
Radiation	Radiacija
Rocket	Raketa
Satellite	Palydovas
Sky	Dangus
Supernova	Supernova
Zodiac	Zodiakas

Autumn
Rudenį

Acorn	Gilė
Apples	Obuoliai
Chestnuts	Kaštonai
Climate	Klimatas
Clothing	Apranga
Deciduous	Lapuočių
Equinox	Lygiadienis
Festival	Festivalis
Fires	Gaisrai
Frost	Šalta
Migration	Migracija
Months	Mėnesių
Nature	Gamta
Orchard	Sodas
Seasonal	Sezoninis
Weather	Oras

Ballet
Baletas

Applause	Plojimai
Artistic	Meninis
Audience	Auditorija
Ballerina	Balerina
Choreography	Choreografija
Composer	Kompozitorius
Dancers	Šokėjai
Expressive	Išraiškingas
Gesture	Gestas
Graceful	Grakštus
Intensity	Intensyvumas
Lessons	Pamokos
Muscles	Raumenys
Music	Muzika
Orchestra	Orkestras
Practice	Praktika
Rhythm	Ritmas
Skill	Įgūdis
Style	Stilius
Technique	Technika

Barbecues
Kepsninės

Chicken	Višta
Children	Vaikai
Dinner	Vakarienė
Family	Šeima
Food	Maistas
Forks	Šakės
Friends	Draugai
Fruit	Vaisius
Games	Žaidimai
Grill	Grilis
Hot	Karšta
Hunger	Badas
Knives	Peiliai
Music	Muzika
Salads	Salotos
Salt	Druska
Sauce	Padažas
Summer	Vasara
Tomatoes	Pomidorai
Vegetables	Daržovės

Beach
Paplūdimys

Blue	Mėlyna
Boat	Valtis
Coast	Pakrantė
Crab	Krabas
Dock	Prieplauka
Island	Sala
Lagoon	Marių
Ocean	Vandenynas
Reef	Rifas
Sailboat	Burlaivis
Sand	Smėlis
Sandals	Sandalai
Sea	Jūra
Sun	Saulė
To Swim	Plaukti
Towel	Rankšluostis
Umbrella	Skėtis
Vacation	Atostogos

Bees
Bitės

Beneficial	Naudinga
Blossom	Žiedas
Diversity	Įvairovė
Ecosystem	Ekosistema
Flowers	Gėlės
Food	Maistas
Fruit	Vaisius
Garden	Sodas
Habitat	Buveinė
Hive	Avilys
Honey	Medus
Insect	Vabzdys
Plants	Augalai
Pollen	Žiedadulkės
Pollinator	Apdulkintojas
Queen	Karalienė
Smoke	Rūkyti
Sun	Saulė
Swarm	Spiečius
Wax	Vaškas

Birds
Paukščiams

Canary	Kanarai
Chicken	Višta
Crow	Varna
Cuckoo	Gegutė
Duck	Antis
Eagle	Erelis
Egg	Kiaušinis
Flamingo	Flamingas
Goose	Žąsų
Gull	Kiras
Heron	Garnys
Ostrich	Strutis
Parrot	Papūga
Peacock	Povas
Pelican	Pelikanas
Penguin	Pingvinas
Sparrow	Žvirblis
Stork	Gandras
Swan	Gulbė
Toucan	Toucan

Birthday
Gimtadienis

Born	Gimęs
Cake	Tortas
Calendar	Kalendorius
Candles	Žvakės
Cards	Kortelės
Celebration	Šventė
Day	Diena
Friends	Draugai
Fun	Įdomus
Gift	Dovana
Great	Puiku
Happy	Laimingas
Invitations	Kvietimas
Joyful	Džiaugsmingas
Song	Daina
Special	Ypatingas
Time	Laikas
Wisdom	Išmintis
Year	Metai
Young	Jaunas

Boats
Valtys

Anchor	Inkaras
Buoy	Plūduras
Canoe	Kanoja
Crew	Įgula
Dock	Prieplauka
Engine	Variklis
Ferry	Keltas
Kayak	Baidarių
Lake	Ežeras
Mast	Stiebas
Nautical	Jūrinis
Ocean	Vandenynas
Raft	Plaustas
River	Upė
Rope	Virvė
Sailboat	Burlaivis
Sailor	Jūreivis
Sea	Jūra
Tide	Banga
Yacht	Jachta

Books
Knygos

Adventure	Nuotykis
Author	Autorius
Collection	Kolekcija
Context	Kontekstas
Duality	Dvilypumas
Epic	Epas
Historical	Istorinis
Humorous	Humoro
Inventive	Išradingas
Literary	Literatūrinis
Narrator	Diktorius
Novel	Romanas
Page	Puslapis
Poem	Eilėraštis
Poetry	Poezija
Reader	Skaitytojas
Relevant	Aktualus
Story	Istorija
Tragic	Tragiška
Written	Parašyta

Buildings
Statiniai

Apartment	Butas
Barn	Klėtis
Cabin	Kajutė
Castle	Pilis
Cinema	Kinas
Embassy	Ambasada
Factory	Gamykla
Farm	Ūkis
Garage	Garažas
Hospital	Ligoninė
Hotel	Viešbutis
Laboratory	Laboratorija
Museum	Muziejus
Observatory	Observatorija
School	Mokykla
Stadium	Stadionas
Tent	Palapinė
Theater	Teatras
Tower	Bokštas
University	Universitetas

Camping
Stovyklavimas

Adventure	Nuotykis
Animals	Gyvūnai
Cabin	Kajutė
Canoe	Kanoja
Compass	Kompasas
Fire	Ugnis
Forest	Miškas
Fun	Įdomus
Hammock	Hamakas
Hat	Kepurė
Hunting	Medžioklė
Insect	Vabzdys
Lake	Ežeras
Map	Žemėlapis
Moon	Mėnulis
Mountain	Kalnas
Nature	Gamta
Rope	Virvė
Tent	Palapinė
Trees	Medžių

Castles
Pilys

Armor	Šarvai
Catapult	Katapulta
Crown	Karūna
Dragon	Drakonas
Dungeon	Požemis
Dynasty	Dinastija
Empire	Imperija
Feudal	Feodalas
Horse	Arklys
Kingdom	Karalystė
Knight	Riteris
Noble	Kilnus
Palace	Rūmai
Prince	Princas
Princess	Princesė
Shield	Skydas
Sword	Kardas
Tower	Bokštas
Unicorn	Vienaragis
Wall	Siena

Chess
Šachmatai

Black	Juoda
Challenges	Iššūkiai
Champion	Čempionas
Clever	Protingas
Contest	Konkursas
Diagonal	Įstrižainė
Game	Žaidimas
King	Karalius
Opponent	Priešininkas
Passive	Pasyvus
Player	Žaidėjas
Points	Taškų
Queen	Karalienė
Rules	Taisyklės
Sacrifice	Auka
Strategy	Strategija
Time	Laikas
Tournament	Turnyras
White	Baltas

Chocolate
Šokoladas

Aroma	Aromatas
Bitter	Karti
Cacao	Kakava
Calories	Kalorijų
Candy	Saldainiai
Caramel	Karamelė
Coconut	Kokosas
Craving	Troškimas
Delicious	Skanus
Exotic	Egzotiškas
Favorite	Mėgstamas
Ingredient	Ingredientas
Peanuts	Riešutai
Powder	Milteliai
Quality	Kokybė
Recipe	Receptas
Sugar	Cukrus
Sweet	Saldus
Taste	Skonis
To Eat	Valgyti

Circus
Cirkas

Acrobat	Acrobat
Animals	Gyvūnai
Balloons	Balionai
Candy	Saldainiai
Clown	Klounas
Costume	Kostiumas
Elephant	Dramblys
Juggler	Žonglierius
Lion	Liūtas
Magic	Magija
Magician	Magas
Monkey	Beždžionė
Music	Muzika
Parade	Paradas
Show	Rodyti
Spectacular	Įspūdingas
Spectator	Žiūrovas
Tent	Palapinė
Tiger	Tigras
Trick	Triukas

Climbing
Laipiojimas

Altitude	Aukštis
Atmosphere	Atmosfera
Boots	Batai
Cave	Urvas
Challenges	Iššūkiai
Curiosity	Smalsumas
Expert	Ekspertas
Gloves	Pirštinės
Guides	Vadovai
Helmet	Šalmas
Hiking	Žygiai
Injury	Sužalojimas
Map	Žemėlapis
Narrow	Siaura
Physical	Fizinis
Stability	Stabilumas
Strength	Stiprumas
Terrain	Reljefas
Training	Mokymai

Clothes
Drabužiai

Apron	Prijuostė
Belt	Diržas
Blouse	Palaidinė
Bracelet	Apyrankė
Coat	Kailis
Dress	Suknelė
Fashion	Mada
Gloves	Pirštinės
Hat	Kepurė
Jacket	Striukė
Jeans	Džinsai
Jewelry	Papuošalai
Pajamas	Pižama
Pants	Kelnės
Sandals	Sandalai
Scarf	Šalikas
Shirt	Marškiniai
Shoe	Batų
Skirt	Sijonas
Sweater	Megztinis

Comedy
Komedija

Actor	Aktorius
Actress	Aktorė
Applause	Plojimai
Audience	Auditorija
Clever	Protingas
Clowns	Klounai
Expressive	Išraiškingas
Fun	Įdomus
Funny	Juokinga
Genre	Žanras
Humor	Humoras
Improvisation	Improvizacija
Jokes	Anekdotai
Laughter	Juokas
Parody	Parodija
Television	Televizija
Theater	Teatras

Conservation
Išsaugojimas

Chemicals	Chemikalai
Climate	Klimatas
Concern	Susirūpinimas
Cycle	Ciklas
Ecosystem	Ekosistema
Education	Švietimas
Environmental	Aplinkos
Green	Žalias
Habitat	Buveinė
Health	Sveikata
Natural	Natūralus
Organic	Organinis
Pesticide	Pesticidas
Pollution	Tarša
Recycle	Perdirbti
Reduce	Sumažinti
Sustainable	Tvarus
Volunteer	Savanoris
Water	Vanduo

Countries #2
Šalys #2

Albania	Albanija
Denmark	Danija
Ethiopia	Etiopija
Greece	Graikija
Haiti	Haitis
Jamaica	Jamaika
Japan	Japonija
Laos	Laosas
Lebanon	Libanas
Liberia	Liberija
Mexico	Meksika
Nepal	Nepalas
Nigeria	Nigerija
Pakistan	Pakistanas
Russia	Rusija
Somalia	Somalis
Sudan	Sudanas
Syria	Sirija
Uganda	Uganda
Ukraine	Ukraina

Dance
Šokis

Academy	Akademija
Art	Menas
Body	Kūnas
Choreography	Choreografija
Classical	Klasikinis
Culture	Kultūra
Emotion	Emocija
Expressive	Išraiškingas
Grace	Malonė
Joyful	Džiaugsmingas
Movement	Judėjimas
Music	Muzika
Partner	Partneris
Posture	Laikysena
Rehearsal	Repeticija
Rhythm	Ritmas
Traditional	Tradicinis
Visual	Vaizdinis

Days and Months
Dienos ir Mėnesiai

April	Balandis
August	Rugpjūtis
Calendar	Kalendorius
February	Vasaris
Friday	Penktadienis
January	Sausis
July	Liepa
March	Kovas
May	Gegužė
Monday	Pirmadienis
Month	Mėnuo
November	Lapkritis
October	Spalis
Saturday	Šeštadienis
September	Rugsėjo
Sunday	Sekmadienis
Tuesday	Antradienis
Wednesday	Trečiadienis
Week	Savaitė
Year	Metai

Dinosaurs
Dinozaurai

Carnivore	Mėsėdis
Disappearance	Dingimas
Earth	Žemė
Enormous	Milžiniškas
Evolution	Evoliucija
Herbivore	Žolėdis
Large	Didelis
Mammoth	Mamutas
Omnivore	Visaėdis
Powerful	Galingas
Prey	Grobis
Raptor	Raptor
Reptile	Ropliai
Size	Dydis
Species	Rūšis
Tail	Uodega
Vicious	Užburtas
Wings	Sparnai

Driving
Vairavimas

Accident	Avarija
Brakes	Stabdžiai
Car	Automobilis
Danger	Pavojus
Driver	Vairuotojas
Fuel	Kuras
Garage	Garažas
Gas	Dujos
License	Licencija
Map	Žemėlapis
Motor	Variklis
Motorcycle	Motociklas
Pedestrian	Pėsčiųjų
Police	Policija
Road	Kelias
Safety	Saugumas
Speed	Greitis
Traffic	Eismas
Truck	Sunkvežimis
Tunnel	Tunelis

Ecology
Ekologija

Climate	Klimatas
Communities	Bendruomenės
Diversity	Įvairovė
Drought	Sausra
Fauna	Fauna
Flora	Flora
Global	Pasaulinis
Habitat	Buveinė
Marine	Jūrų
Marsh	Pelkė
Mountains	Kalnai
Natural	Natūralus
Nature	Gamta
Plants	Augalai
Resources	Ištekliai
Species	Rūšis
Survival	Išlikimas
Sustainable	Tvarus
Vegetation	Augmenija
Volunteers	Savanoriai

Emotions
Emocijos

Anger	Pyktis
Bliss	Palaima
Boredom	Nuobodulys
Calm	Ramus
Content	Turinys
Excited	Susijaudinęs
Fear	Baimė
Grateful	Dėkingas
Joy	Džiaugsmas
Kindness	Gerumas
Love	Meilė
Peace	Taika
Relief	Palengvėjimas
Sadness	Liūdesys
Satisfied	Patenkintas
Surprise	Staigmena
Sympathy	Simpatija
Tenderness	Švelnumas
Tranquility	Ramybė

Exploration
Tyrinėjimas

Activity	Veikla
Animals	Gyvūnai
Courage	Drąsa
Cultures	Kultūros
Determination	Nustatymas
Discovery	Atradimas
Distant	Tolimas
Excitement	Jaudulys
Exhaustion	Išsekimas
Hazards	Pavojai
Language	Kalba
New	Naujas
Perilous	Pavojinga
Space	Erdvė
Terrain	Reljefas
Travel	Kelionė
Unknown	Nežinomas
Wild	Laukinė

Family
Šeima

Ancestor	Protėvis
Aunt	Teta
Brother	Brolis
Child	Vaikas
Childhood	Vaikystė
Children	Vaikai
Cousin	Pusbrolis
Daughter	Dukra
Father	Tėvas
Grandfather	Senelis
Grandson	Anūkas
Husband	Vyras
Maternal	Motinos
Mother	Motina
Nephew	Sūnėnas
Niece	Dukterėčia
Paternal	Tėvų
Sister	Sesuo
Uncle	Dėdė
Wife	Žmona

Farm #1
Ūkis Nr.1

Agriculture	Žemdirbystė
Bee	Bitė
Bison	Bizonas
Calf	Veršelis
Cat	Katė
Chicken	Višta
Cow	Karvė
Crow	Varna
Dog	Šuo
Donkey	Asilas
Fence	Tvora
Fertilizer	Trąšos
Field	Laukas
Goat	Ožka
Hay	Šienas
Honey	Medus
Horse	Arklys
Rice	Ryžiai
Seeds	Sėklos
Water	Vanduo

Farm #2
Ūkis Nr.2

Animals	Gyvūnai
Barley	Miežiai
Barn	Klėtis
Corn	Kukurūzų
Duck	Antis
Farmer	Ūkininkas
Food	Maistas
Fruit	Vaisius
Irrigation	Drėkinimas
Lamb	Ėriukas
Llama	Lama
Meadow	Pieva
Milk	Pienas
Orchard	Sodas
Sheep	Avis
Shepherd	Piemuo
To Grow	Augti
Tractor	Traktorius
Vegetable	Daržovė
Wheat	Kviečiai

Fishing
Žvejyba

Bait	Jaukas
Basket	Krepšelis
Beach	Paplūdimys
Boat	Valtis
Cook	Virėjas
Equipment	Įranga
Exaggeration	Perdėjimas
Gills	Žiaunos
Hook	Kablys
Jaw	Žandikaulis
Lake	Ežeras
Ocean	Vandenynas
Patience	Kantrybė
River	Upė
Scales	Svarstyklės
Season	Sezonas
Water	Vanduo
Weight	Svoris
Wire	Viela

Flowers
Gėlės

Bouquet	Puokštė
Clover	Dobilas
Daffodil	Narcizas
Daisy	Daisy
Dandelion	Kiaulpienė
Gardenia	Gardenia
Hibiscus	Hibiscus
Jasmine	Andrius
Lavender	Levandų
Lilac	Alyvinė
Lily	Lelija
Magnolia	Magnolija
Orchid	Orchidėja
Peony	Bijūnas
Petal	Žiedlapis
Plumeria	Plumeria
Poppy	Aguona
Rose	Rožė
Sunflower	Saulėgrąžų
Tulip	Tulpė

Food #1
Maistas #1

Apricot	Abrikosas
Barley	Miežiai
Basil	Bazilikas
Carrot	Morka
Cinnamon	Cinamonas
Garlic	Česnakai
Juice	Sultys
Lemon	Citrina
Milk	Pienas
Onion	Svogūnas
Peanut	Žemės Riešutų
Pear	Kriaušė
Salad	Salotos
Salt	Druska
Soup	Sriuba
Spinach	Špinatai
Strawberry	Braškių
Sugar	Cukrus
Tuna	Tunas
Turnip	Ropė

Food #2
Maistas #2

Apple	Obuolių
Artichoke	Artišokas
Banana	Bananas
Broccoli	Brokoliai
Celery	Salieras
Cheese	Sūris
Cherry	Vyšnia
Chicken	Višta
Chocolate	Šokoladas
Egg	Kiaušinis
Eggplant	Baklažanas
Fish	Žuvis
Grape	Vynuogė
Ham	Kumpis
Kiwi	Kivi
Mushroom	Grybas
Rice	Ryžiai
Tomato	Pomidoras
Wheat	Kviečiai
Yogurt	Jogurtas

Fruit
Vaisiai

Apple	Obuolių
Apricot	Abrikosas
Avocado	Avokadas
Banana	Bananas
Berry	Uoga
Cherry	Vyšnia
Coconut	Kokosas
Fig	Pav
Grape	Vynuogė
Guava	Gvajavos
Kiwi	Kivi
Lemon	Citrina
Mango	Mango
Melon	Melionas
Nectarine	Nektarinų
Papaya	Papaja
Peach	Persikas
Pear	Kriaušė
Pineapple	Ananasai
Raspberry	Aviečių

Furniture
Baldai

Armchair	Fotelis
Armoire	Armoire
Bed	Lova
Bench	Suolas
Chair	Kėdė
Curtains	Užuolaidos
Cushions	Pagalvės
Desk	Stalas
Dresser	Odininkas
Futon	Futonas
Hammock	Hamakas
Lamp	Lempa
Mattress	Čiužinys
Mirror	Veidrodis
Pillow	Pagalvė
Rug	Kilimas
Shelves	Lentynos

Garden
Sodas

Bench	Suolas
Bush	Krūmas
Fence	Tvora
Flower	Gėlė
Garage	Garažas
Garden	Sodas
Grass	Žolė
Hammock	Hamakas
Hose	Žarna
Lawn	Veja
Pond	Tvenkinys
Porch	Veranda
Rake	Grėblys
Rocks	Uolų
Shovel	Kastuvas
Terrace	Terasa
Trampoline	Batutas
Tree	Medis
Vine	Vynmedis
Weeds	Piktžolių

Geography
Geografija [taisyti]

Altitude	Aukštis
Atlas	Atlasas
City	Miestas
Continent	Žemynas
Country	Šalis
Hemisphere	Pusrutulis
Island	Sala
Latitude	Platuma
Map	Žemėlapis
Meridian	Meridianas
Mountain	Kalnas
North	Šiaurė
Ocean	Vandenynas
Region	Regionas
River	Upė
Sea	Jūra
South	Pietų
Territory	Teritorija
West	Vakarų
World	Pasaulis

Geology
Geologija

Acid	Rūgštis
Calcium	Kalcis
Cavern	Urvas
Continent	Žemynas
Coral	Koralų
Crystals	Kristalai
Cycles	Ciklai
Erosion	Erozija
Fossil	Iškastinio
Geyser	Geizeris
Lava	Lava
Layer	Sluoksnis
Minerals	Mineralai
Molten	Išlydytas
Plateau	Plynaukštė
Quartz	Kvarcas
Salt	Druska
Stalactite	Stalaktitas
Stone	Akmuo
Volcano	Vulkanas

Hair Types
Plaukų Tipai

Bald	Plikas
Black	Juoda
Blond	Šviesūs
Braided	Pintas
Braids	Pynė
Brown	Ruda
Colored	Spalvotas
Curls	Garbanos
Curly	Garbanotas
Dry	Sausas
Gray	Pilka
Healthy	Sveikas
Long	Ilgas
Shiny	Blizga
Short	Trumpas
Soft	Minkštas
Thick	Storas
Thin	Plonas
Wavy	Banguotas
White	Baltas

Herbalism
Žolininkystė

Aromatic	Aromatinių
Basil	Bazilikas
Beneficial	Naudinga
Culinary	Kulinarija
Fennel	Pankolis
Flavor	Skonis
Flower	Gėlė
Garden	Sodas
Garlic	Česnakai
Green	Žalias
Ingredient	Ingredientas
Lavender	Levandų
Marjoram	Mairūnas
Mint	Mėta
Oregano	Raudonėlis
Parsley	Petražolės
Plant	Augalas
Rosemary	Rozmarinas
Saffron	Šafranas
Tarragon	Estragonu

Hiking
Pėsčiųjų

Animals	Gyvūnai
Boots	Batai
Cliff	Uolos
Climate	Klimatas
Guides	Vadovai
Hazards	Pavojai
Heavy	Sunkus
Map	Žemėlapis
Mosquitoes	Uodai
Mountain	Kalnas
Nature	Gamta
Orientation	Orientacija
Parks	Parkai
Preparation	Paruošimas
Stones	Akmenys
Sun	Saulė
Tired	Pavargęs
Water	Vanduo
Weather	Oras
Wild	Laukinė

House
Namas

Attic	Palėpė
Broom	Šluota
Curtains	Užuolaidos
Door	Durys
Fence	Tvora
Fireplace	Židinys
Floor	Grindys
Furniture	Baldai
Garage	Garažas
Garden	Sodas
Keys	Raktai
Kitchen	Virtuvė
Lamp	Lempa
Library	Biblioteka
Mirror	Veidrodis
Roof	Stogas
Room	Kambarys
Shower	Dušas
Wall	Siena
Window	Langas

Human Body
Žmogaus Kūnas

Ankle	Čiurnos
Blood	Kraujas
Bones	Kaulai
Brain	Smegenys
Chin	Smakras
Ear	Ausis
Elbow	Alkūnė
Face	Veidas
Finger	Pirštas
Hand	Ranka
Head	Galva
Heart	Širdis
Jaw	Žandikaulis
Knee	Kelis
Leg	Koja
Mouth	Burna
Neck	Kaklas
Nose	Nosis
Shoulder	Pečių
Skin	Oda

Insects
Vabzdžiai

Ant	Skruzdėlė
Aphid	Amarų
Bee	Bitė
Beetle	Vabalas
Butterfly	Drugelis
Cicada	Cicada
Cockroach	Tarakonas
Dragonfly	Laumžirgis
Flea	Blusos
Gnat	Gnat
Grasshopper	Žiogas
Hornet	Širšė
Ladybug	Biedronka
Larva	Lerva
Mantis	Mantis
Mosquito	Uodas
Moth	Drugys
Termite	Termitas
Wasp	Vapsva
Worm	Kirminas

Kindness
Gerumas

Affectionate	Meilus
Attentive	Dėmesingas
Compassionate	Labdaros
Friendly	Draugiškas
Generous	Turtinga
Gentle	Švelnus
Genuine	Tikras
Happy	Laimingas
Helpful	Naudinga
Honest	Nuoširdus
Hospitable	Svetingas
Loving	Mylintis
Patient	Pacientas
Receptive	Imlūs
Reliable	Patikimas
Respectful	Pagarbus
Tolerant	Tolerantiškas
Understanding	Supratimas

Kitchen
Virtuvė

Apron	Prijuostė
Bowl	Dubuo
Chopsticks	Lazdelės
Cups	Puodeliai
Food	Maistas
Forks	Šakės
Freezer	Šaldiklis
Grill	Grilis
Jar	Stiklainis
Jug	Ąsotis
Kettle	Virdulys
Knives	Peiliai
Napkin	Servetėlė
Oven	Orkaitė
Recipe	Receptas
Refrigerator	Šaldytuvas
Spices	Prieskoniai
Sponge	Kempinė
Spoons	Šaukštai
To Eat	Valgyti

Landscapes
Kraštovaizdis

Beach	Paplūdimys
Cave	Urvas
Cliff	Uolos
Desert	Dykuma
Geyser	Geizeris
Glacier	Ledynas
Iceberg	Ledkalnis
Island	Sala
Lake	Ežeras
Mountain	Kalnas
Oasis	Oazė
Ocean	Vandenynas
Peninsula	Pusiasalis
River	Upė
Sea	Jūra
Swamp	Pelkė
Tundra	Tundra
Valley	Slėnis
Volcano	Vulkanas
Waterfall	Krioklys

Literature
Literatūra

Analogy	Analogija
Analysis	Analizė
Anecdote	Anekdotas
Author	Autorius
Biography	Biografija
Comparison	Palyginimas
Conclusion	Išvada
Description	Apibūdinimas
Dialogue	Dialogas
Fiction	Fiction
Metaphor	Metafora
Narrator	Diktorius
Novel	Romanas
Poem	Eilėraštis
Poetic	Poetinis
Rhyme	Rimas
Rhythm	Ritmas
Style	Stilius
Theme	Tema
Tragedy	Tragedija

Mammals
Žinduoliai

Bear	Turėti
Beaver	Bebras
Bull	Bulius
Cat	Katė
Coyote	Coyote
Dog	Šuo
Dolphin	Delfinas
Elephant	Dramblys
Fox	Lapė
Giraffe	Žirafa
Gorilla	Gorila
Horse	Arklys
Kangaroo	Kengūra
Lion	Liūtas
Monkey	Beždžionė
Rabbit	Triušis
Sheep	Avis
Whale	Banginis
Wolf	Vilkas
Zebra	Zebras

Math
Matematika

Angles	Kampai
Arithmetic	Aritmetika
Decimal	Dešimtainis
Diameter	Skersmens
Division	Skyrius
Equation	Lygtis
Exponent	Rodiklis
Fraction	Frakcija
Geometry	Geometrija
Numbers	Skaičiai
Parallel	Lygiagrečiai
Parallelogram	Paralelograma
Perimeter	Perimetras
Polygon	Poligonas
Radius	Spindulys
Rectangle	Stačiakampis
Square	Kvadratas
Symmetry	Simetrija
Triangle	Trikampis
Volume	Tomas

Measurements
Išmatavimai

Byte	Baitas
Centimeter	Centimetras
Decimal	Dešimtainis
Degree	Laipsnis
Depth	Gylis
Gram	G
Height	Aukštis
Inch	Colis
Kilogram	Kilogramas
Kilometer	Kilometras
Length	Ilgis
Liter	Litras
Mass	Masė
Meter	Metras
Minute	Minutė
Ounce	Uncija
Ton	T
Volume	Tomas
Weight	Svoris
Width	Plotis

Meditation
Meditacija

Acceptance	Priėmimas
Attention	Dėmesio
Awake	Pabudęs
Breathing	Kvėpavimas
Calm	Ramus
Clarity	Aiškumas
Compassion	Užuojauta
Emotions	Emocijos
Gratitude	Dėkingumas
Habits	Įpročiai
Kindness	Gerumas
Mental	Psichikos
Mind	Protas
Movement	Judėjimas
Music	Muzika
Nature	Gamta
Peace	Taika
Perspective	Perspektyva
Silence	Tyla
Thoughts	Mintys

Musical Instruments
Muzikos Instrumentai

Banjo	Banjo
Bassoon	Fagotas
Cello	Violončelė
Clarinet	Klarnetas
Drum	Būgnas
Flute	Fleita
Gong	Gongas
Guitar	Gitara
Harmonica	Armonika
Harp	Arfa
Mandolin	Mandolina
Marimba	Marimba
Oboe	Obojus
Percussion	Mušamieji
Piano	Pianinas
Saxophone	Saksofonas
Tambourine	Tamburinas
Trombone	Trombonas
Trumpet	Trimitas
Violin	Smuikas

Mythology
Mitologija

Archetype	Archetipas
Behavior	Elgesys
Creation	Kūrimas
Creature	Padaras
Culture	Kultūra
Deities	Dievybė
Disaster	Nelaimė
Heaven	Dangus
Hero	Herojus
Immortality	Nemirtingumas
Jealousy	Pavydas
Labyrinth	Labirintas
Legend	Legenda
Lightning	Žaibas
Monster	Monstras
Mortal	Mirtinas
Revenge	Kerštas
Strength	Stiprumas
Thunder	Griaustinis
Warrior	Karys

Nature
Pobūdis

Animals	Gyvūnai
Arctic	Arktis
Beauty	Grožis
Bees	Bitės
Cliffs	Uolos
Clouds	Debesys
Desert	Dykuma
Dynamic	Dinamiškas
Erosion	Erozija
Fog	Rūkas
Foliage	Lapija
Forest	Miškas
Glacier	Ledynas
Mountains	Kalnai
Peaceful	Taikus
River	Upė
Serene	Rami
Tropical	Atogrąžų
Vital	Gyvybiškai
Wild	Laukinė

Numbers
Skaičiai

Decimal	Dešimtainis
Eight	Aštuoni
Eighteen	Aštuoniolika
Fifteen	Penkiolika
Five	Penki
Four	Keturi
Fourteen	Keturiolika
Nine	Devyni
Nineteen	Devyniolika
One	Vienas
Seven	Septyni
Seventeen	Septyniolika
Six	Šeši
Sixteen	Šešiolika
Ten	Dešimt
Thirteen	Trylika
Three	Trys
Twelve	Dvylika
Twenty	Dvidešimt
Two	Du

Nutrition
Mityba

Appetite	Apetitas
Balanced	Subalansuotas
Bitter	Karti
Calories	Kalorijų
Diet	Dieta
Digestion	Virškinimas
Edible	Valgomas
Fermentation	Fermentacija
Flavor	Skonis
Habits	Įpročiai
Health	Sveikata
Healthy	Sveikas
Liquids	Skysčiai
Proteins	Baltymai
Quality	Kokybė
Sauce	Padažas
Spices	Prieskoniai
Toxin	Toksinas
Vitamin	Vitaminas
Weight	Svoris

Ocean
Vandenynas

Algae	Dumbliai
Coral	Koralų
Crab	Krabas
Dolphin	Delfinas
Eel	Ungurys
Fish	Žuvis
Jellyfish	Medūza
Octopus	Aštuonkojis
Oyster	Austrė
Reef	Rifas
Salt	Druska
Seaweed	Jūros Dumblių
Shark	Ryklys
Shrimp	Krevetės
Sponge	Kempinė
Storm	Audra
Tides	Banga
Tuna	Tunas
Turtle	Vėžlys
Whale	Banginis

Pets
Augintiniai

Cat	Katė
Collar	Apykaklė
Cow	Karvė
Dog	Šuo
Fish	Žuvis
Food	Maistas
Goat	Ožka
Hamster	Žiurkėnas
Kitten	Kačiukas
Leash	Pavadėlis
Lizard	Driežas
Mouse	Pelė
Parrot	Papūga
Paws	Letenos
Puppy	Šuniukas
Rabbit	Triušis
Tail	Uodega
Turtle	Vėžlys
Veterinarian	Veterinaras
Water	Vanduo

Pirates
Piratai

Adventure	Nuotykis
Anchor	Inkaras
Bad	Blogai
Beach	Paplūdimys
Captain	Kapitonas
Cave	Urvas
Coins	Monetos
Compass	Kompasas
Crew	Įgula
Danger	Pavojus
Flag	Vėliava
Gold	Auksas
Island	Sala
Legend	Legenda
Map	Žemėlapis
Parrot	Papūga
Rum	Romas
Scar	Randas
Sword	Kardas
Treasure	Lobis

Plants
Augalai

Bamboo	Bambukas
Bean	Pupelių
Berry	Uoga
Botany	Botanika
Bush	Krūmas
Cactus	Kaktusas
Fertilizer	Trąšos
Flora	Flora
Flower	Gėlė
Foliage	Lapija
Forest	Miškas
Garden	Sodas
Grass	Žolė
Ivy	Gebenė
Moss	Samanos
Petal	Žiedlapis
Root	Šaknis
Stem	Stiebas
Tree	Medis
Vegetation	Augmenija

Professions #1
Profesijos nr. 1

Ambassador	Ambasadorius
Astronomer	Astronomas
Attorney	Advokatas
Banker	Bankininkas
Cartographer	Kartografas
Coach	Treneris
Dancer	Šokėja
Doctor	Gydytojas
Editor	Redaktorius
Geologist	Geologas
Hunter	Medžiotojas
Jeweler	Juvelyras
Musician	Muzikantas
Nurse	Slaugytoja
Pianist	Pianistas
Plumber	Santechnikas
Psychologist	Psichologas
Sailor	Jūreivis
Tailor	Siuvėjas
Veterinarian	Veterinaras

Professions #2
Profesijos #2

Astronaut	Astronautas
Biologist	Biologas
Chemist	Chemikas
Dentist	Odontologas
Detective	Detektyvas
Engineer	Inžinierius
Farmer	Ūkininkas
Gardener	Sodininkas
Illustrator	Illustrator
Inventor	Išradėjas
Journalist	Žurnalistas
Linguist	Kalbininkas
Painter	Dažytojas
Philosopher	Filosofas
Photographer	Fotografas
Physician	Gydytojas
Pilot	Pilotas
Surgeon	Chirurgas
Teacher	Mokytojas
Zoologist	Zoologas

Rainforest
Atogrąžų Miškai

Amphibians	Varliagyvių
Birds	Paukščių
Botanical	Botanikos
Climate	Klimatas
Clouds	Debesys
Community	Bendrija
Diversity	Įvairovė
Indigenous	Vietinių
Insects	Vabzdžiai
Jungle	Džiunglės
Mammals	Žinduoliai
Moss	Samanos
Nature	Gamta
Preservation	Išsaugojimas
Refuge	Prieglobstis
Respect	Pagarba
Restoration	Restauravimas
Species	Rūšis
Survival	Išlikimas
Valuable	Vertingas

Restaurant #1
Restoranas nr. 1

Allergy	Alergija
Bowl	Dubuo
Bread	Duona
Cashier	Kasininkas
Chicken	Višta
Coffee	Kava
Dessert	Desertas
Food	Maistas
Ingredients	Ingridientai
Kitchen	Virtuvė
Knife	Peilis
Meat	Mėsa
Menu	Meniu
Napkin	Servetėlė
Plate	Lėkštė
Reservation	Rezervacija
Sauce	Padažas
Spicy	Aštrus
To Eat	Valgyti
Waitress	Padavėja

Restaurant #2
Restoranas Nr.2

Beverage	Gėrimas
Cake	Tortas
Chair	Kėdė
Delicious	Skanus
Dinner	Vakarienė
Eggs	Kiaušiniai
Fish	Žuvis
Fork	Šakutė
Fruit	Vaisius
Ice	Ledas
Lunch	Pietūs
Noodles	Makaronai
Salad	Salotos
Salt	Druska
Soup	Sriuba
Spices	Prieskoniai
Spoon	Šaukštas
Vegetables	Daržovės
Waiter	Padavėjas
Water	Vanduo

School #1
Mokykla #1

Alphabet	Abėcėlė
Answers	Atsakymai
Books	Knyga
Chair	Kėdė
Classroom	Klasė
Desk	Stalas
Exams	Egzaminai
Folders	Aplankas
Friends	Draugai
Fun	Įdomus
Library	Biblioteka
Lunch	Pietūs
Math	Matematika
Paper	Popierius
Pencil	Pieštukas
Pens	Rašikliai
Quiz	Viktorina
Teacher	Mokytojas
To Read	Skaityti
To Write	Rašyti

School #2
Mokykla #2

Activities	Veikla
Backpack	Kuprinė
Books	Knyga
Bus	Autobusas
Calendar	Kalendorius
Computer	Kompiuteris
Dictionary	Žodynas
Education	Švietimas
Eraser	Trintukas
Friends	Draugai
Grammar	Gramatika
Library	Biblioteka
Literature	Literatūra
Paper	Popierius
Pencil	Pieštukas
Science	Mokslas
Scissors	Žirklės
Supplies	Reikmenys
Teacher	Mokytojas
Weekends	Savaitgaliais

Science
Mokslas

Atom	Atomas
Chemical	Cheminis
Climate	Klimatas
Data	Duomenys
Evolution	Evoliucija
Experiment	Eksperimentas
Fact	Faktas
Fossil	Iškastinio
Gravity	Gravitacija
Hypothesis	Hipotezė
Laboratory	Laboratorija
Method	Metodas
Minerals	Mineralai
Molecules	Molekulės
Nature	Gamta
Organism	Organizmas
Particles	Dalelės
Physics	Fizika
Plants	Augalai
Scientist	Mokslininkas

Science Fiction
Mokslinė Fantastika

Atomic	Atominis
Books	Knyga
Chemicals	Chemikalai
Cinema	Kinas
Clones	Klonai
Dystopia	Distopija
Explosion	Sprogimas
Extreme	Ekstremalus
Fantastic	Fantastinis
Fire	Ugnis
Futuristic	Futuristinis
Galaxy	Galaktika
Illusion	Iliuzija
Mysterious	Paslaptingas
Oracle	Oracle
Planet	Planeta
Robots	Robotai
Technology	Technologija
Utopia	Utopija
World	Pasaulis

Scientific Disciplines
Mokslinės Disciplinos

Anatomy	Anatomija
Archaeology	Archeologija
Astronomy	Astronomija
Biochemistry	Biochemija
Biology	Biologija
Botany	Botanika
Chemistry	Chemija
Ecology	Ekologija
Geology	Geologija
Immunology	Imunologija
Kinesiology	Kineziologija
Linguistics	Kalbotyra
Mechanics	Mechanika
Mineralogy	Mineralogija
Neurology	Neurologija
Physiology	Fiziologija
Psychology	Psichologija
Sociology	Sociologija
Thermodynamics	Termodinamika
Zoology	Zoologija

Shapes
Formos

Arc	Lanko
Circle	Ratas
Cone	Kūgis
Corner	Kampas
Cube	Kubas
Curve	Kreivė
Cylinder	Cilindras
Edges	Kraštai
Ellipse	Elipsė
Hyperbola	Hiperbole
Line	Linija
Oval	Ovalus
Polygon	Poligonas
Prism	Prizmė
Pyramid	Piramidė
Rectangle	Stačiakampis
Side	Pusė
Sphere	Sfera
Square	Kvadratas
Triangle	Trikampis

Spices
Prieskoniai

Anise	Anyžių
Bitter	Karti
Cardamom	Kardamonas
Cinnamon	Cinamonas
Clove	Gvazdikėlis
Coriander	Kalendra
Cumin	Kmynai
Curry	Karis
Fennel	Pankolis
Flavor	Skonis
Garlic	Česnakai
Ginger	Imbieras
Licorice	Saldymedis
Onion	Svogūnas
Paprika	Paprikos
Pepper	Pipirų
Saffron	Šafranas
Salt	Druska
Sweet	Saldus
Vanilla	Vanilė

Sports
Sportas

Athlete	Sportininkas
Baseball	Beisbolas
Basketball	Krepšinis
Bicycle	Dviratis
Championship	Čempionatas
Coach	Treneris
Game	Žaidimas
Golf	Golfas
Gymnasium	Gimnazija
Gymnastics	Gimnastika
Hockey	Ritulio
Movement	Judėjimas
Player	Žaidėjas
Referee	Teisėjas
Stadium	Stadionas
Team	Komanda
Tennis	Tenisas
To Swim	Plaukti
Winner	Laimėtojas

Summer
Vasara

Beach	Paplūdimys
Books	Knyga
Diving	Nardymas
Family	Šeima
Food	Maistas
Friends	Draugai
Games	Žaidimai
Garden	Sodas
Home	Namai
Joy	Džiaugsmas
Leisure	Laisvalaikis
Memories	Atsiminimai
Music	Muzika
Sandals	Sandalai
Sea	Jūra
Stars	Žvaigždės
To Swim	Plaukti
Travel	Kelionė
Vacation	Atostogos

Surfing
Naršymas

Athlete	Sportininkas
Beach	Paplūdimys
Champion	Čempionas
Crowds	Minios
Extreme	Ekstremalus
Foam	Putos
Fun	Įdomus
Ocean	Vandenynas
Paddle	Irklas
Popular	Populiarus
Reef	Rifas
Speed	Greitis
Stomach	Skrandis
Strength	Stiprumas
Style	Stilius
To Swim	Plaukti
Wave	Banga
Weather	Oras

Technology
Technologijos

Blog	Blogas
Browser	Naršyklė
Bytes	Baitų
Camera	Fotoaparatas
Computer	Kompiuteris
Cursor	Žymeklis
Data	Duomenys
Digital	Skaitmeninis
File	Byla
Font	Šriftas
Internet	Internetas
Message	Pranešimas
Research	Tyrimai
Screen	Ekranas
Security	Saugumas
Statistics	Statistika
Virtual	Virtualus
Virus	Virusas

Time
Laikas

Annual	Metinis
Before	Prieš
Calendar	Kalendorius
Century	Amžius
Clock	Laikrodis
Day	Diena
Decade	Dešimtmetis
Early	Anksti
Future	Ateitis
Hour	Valanda
Minute	Minutė
Month	Mėnuo
Morning	Rytas
Night	Naktis
Noon	Vidurdienis
Now	Dabar
Soon	Greitai
Today	Šiandien
Week	Savaitė
Year	Metai

To Fill
Užpildyti

Bag	Maišas
Barrel	Barelį
Basin	Baseinas
Basket	Krepšelis
Bottle	Butelis
Box	Dėžė
Bucket	Kibiras
Carton	Dėžutė
Drawer	Stalčius
Envelope	Vokas
Folder	Aplankas
Jar	Stiklainis
Packet	Paketas
Pocket	Kišenė
Suitcase	Lagaminas
Tray	Dėklas
Tube	Vamzdis
Vase	Vaza
Vessel	Laivas

Town
Miestas

Airport	Oro Uostas
Bakery	Kepykla
Bank	Bankas
Bookstore	Knygynas
Cafe	Kavinė
Cinema	Kinas
Clinic	Klinika
Florist	Floristas
Gallery	Galerija
Hotel	Viešbutis
Library	Biblioteka
Market	Rinka
Museum	Muziejus
Pharmacy	Vaistinė
Restaurant	Restoranas
School	Mokykla
Stadium	Stadionas
Store	Parduotuvė
Theater	Teatras
University	Universitetas

Toys
Žaislai

Airplane	Lėktuvas
Ball	Kamuolys
Bicycle	Dviratis
Boat	Valtis
Books	Knyga
Car	Automobilis
Chess	Šachmatai
Clay	Molis
Crafts	Amatai
Doll	Lėlė
Drums	Būgnai
Favorite	Mėgstamas
Games	Žaidimai
Imagination	Vaizduotė
Kite	Aitvaras
Paints	Dažai
Robot	Robotas
Train	Traukinys
Truck	Sunkvežimis

Vacation #1
Atostogos #1

Airplane	Lėktuvas
Backpack	Kuprinė
Car	Automobilis
Currency	Valiuta
Customs	Muitų
Departure	Išvykimas
Expedition	Ekspedicija
Itinerary	Maršrutas
Lake	Ežeras
Museum	Muziejus
Suitcase	Lagaminas
Ticket	Bilietas
To Go	Eiti
To Swim	Plaukti
Tourist	Turistas
Tram	Tramvajus
Umbrella	Skėtis

Vacation #2
Atostogos #2

Airport	Oro Uostas
Beach	Paplūdimys
Foreign	Užsienio
Foreigner	Užsienietis
Holiday	Atostogų
Hotel	Viešbutis
Island	Sala
Journey	Kelionė
Leisure	Laisvalaikis
Map	Žemėlapis
Mountains	Kalnai
Passport	Pasas
Reservations	Rezervavimas
Restaurant	Restoranas
Sea	Jūra
Taxi	Taksi
Tent	Palapinė
Train	Traukinys
Transportation	Gabenimas
Visa	Viza

Vegetables
Daržovės

Artichoke	Artišokas
Broccoli	Brokoliai
Carrot	Morka
Celery	Salieras
Cucumber	Agurkas
Eggplant	Baklažanas
Garlic	Česnakai
Ginger	Imbieras
Mushroom	Grybas
Olive	Alyvuogių
Onion	Svogūnas
Parsley	Petražolės
Pea	Žirnis
Potato	Bulvė
Pumpkin	Moliūgas
Radish	Ridikas
Salad	Salotos
Spinach	Špinatai
Tomato	Pomidoras
Turnip	Ropė

Vehicles
Transporto Priemonės

Airplane	Lėktuvas
Bicycle	Dviratis
Boat	Valtis
Bus	Autobusas
Car	Automobilis
Caravan	Karavanas
Ferry	Keltas
Motor	Variklis
Raft	Plaustas
Rocket	Raketa
Scooter	Motoroleris
Shuttle	Shuttle
Subway	Metro
Taxi	Taksi
Tires	Padangos
Tractor	Traktorius
Train	Traukinys
Truck	Sunkvežimis
Van	Van

Virtues #1
Dorybės #1

Artistic	Meninis
Charming	Žavus
Clean	Švarus
Curious	Smalsu
Decisive	Lemiamas
Efficient	Efektyvus
Funny	Juokinga
Generous	Turtinga
Good	Gerai
Helpful	Naudinga
Intelligent	Pažangios
Modest	Kuklus
Passionate	Aistringas
Patient	Pacientas
Practical	Praktinis
Reliable	Patikimas
Wise	Išmintingas

Visual Arts
Vaizduojamasis Menas

Architecture	Architektūra
Artist	Menininkas
Ceramics	Keramika
Chalk	Kreida
Charcoal	Anglis
Clay	Molis
Composition	Sudėtis
Creativity	Kūrybiškumas
Easel	Molbertas
Film	Filmas
Masterpiece	Šedevras
Painting	Tapyba
Pen	Rašiklis
Pencil	Pieštukas
Perspective	Perspektyva
Photograph	Fotografija
Portrait	Portretas
Sculpture	Skulptūra
Stencil	Trafaretas
Wax	Vaškas

Water
Vandens

Canal	Kanalas
Damp	Drėgnas
Drinkable	Geriamas
Evaporation	Garavimas
Flood	Potvynis
Frost	Šalta
Geyser	Geizeris
Hurricane	Uraganas
Ice	Ledas
Irrigation	Drėkinimas
Lake	Ežeras
Moisture	Drėgmė
Monsoon	Musonas
Ocean	Vandenynas
Rain	Lietus
River	Upė
Shower	Dušas
Snow	Sniegas
Steam	Garai
Waves	Bangos

Weather
Orai

Atmosphere	Atmosfera
Calm	Ramus
Climate	Klimatas
Cloud	Debesis
Drought	Sausra
Dry	Sausas
Fog	Rūkas
Hurricane	Uraganas
Ice	Ledas
Lightning	Žaibas
Monsoon	Musonas
Polar	Poliarinis
Rainbow	Vaivorykštė
Sky	Dangus
Storm	Audra
Temperature	Temperatūra
Thunder	Griaustinis
Tornado	Tornado
Tropical	Tropinis
Wind	Vėjas

Congratulations

You made it!

We hope you enjoyed this book as much as we enjoyed making it. We do our best to make high quality games.
These puzzles are designed in a clever way for you to learn actively while having fun!

Did you love them?

A Simple Request

Our books exist thanks your reviews. Could you help us by leaving one now?

Here is a short link which will take you to your order review page:

BestBooksActivity.com/Review50

MONSTER CHALLENGE!

Challenge #1

Ready for Your Bonus Game? We use them all the time but they are not so easy to find. Here are **Synonyms**!

Note 5 words you discovered in each of the Puzzles noted below (#21, #36, #76) and try to find 2 synonyms for each word.

Note 5 Words from *Puzzle 21*

Words	Synonym 1	Synonym 2

Note 5 Words from *Puzzle 36*

Words	Synonym 1	Synonym 2

Note 5 Words from *Puzzle 76*

Words	Synonym 1	Synonym 2

Challenge #2

Now that you are warmed-up, note 5 words you discovered in each Puzzle noted below (#9, #17, #25) and try to find 2 antonyms for each word. How many lines can you do in 20 minutes?

Note 5 Words from **Puzzle 9**

Words	Antonym 1	Antonym 2

Note 5 Words from **Puzzle 17**

Words	Antonym 1	Antonym 2

Note 5 Words from **Puzzle 25**

Words	Antonym 1	Antonym 2

Challenge #3

Wonderful, this monster challenge is nothing to you!

Ready for the last one? Choose your 10 favorite words discovered in any of the Puzzles and note them below.

1.	6.
2.	7.
3.	8.
4.	9.
5.	10.

Now, using these words and within a maximum of six sentences, your challenge is to compose a text about a person, animal or place that you love!

Tip: You can use the last blank page of this book as a draft!

Your Writing:

NOTEBOOK:

SEE YOU SOON!

Linguas Classics Team

ENJOY FREE GAMES

NOW ON

↓

BESTACTIVITYBOOKS.COM/FREEGAMES

Made in United States
North Haven, CT
30 January 2023

31836912R00080